Märchen to go

OSCAR WILDE

MÄRCHEN TO GO

OSCAR WILDE

Diederichs

Umschlaggestaltung: Weiss/Zembsch/Partner, Werkstatt/München
Printed in China by Imago
ISBN 978-3-424-35018-0

Weitere Informationen zu diesem Buch und unserem gesamten lieferbaren Programm finden Sie unter www.diederichs-verlag.de

Inhalt

Der glückliche Prinz

Hoch über der Stadt auf einer schlanken Säule stand die Statue des glücklichen Prinzen. Er war ganz und gar mit dünnen Blättern von reinem Gold überzogen, als Augen hatte er zwei strahlende Saphire, und ein großer roter Rubin glühte auf seinem Schwertgriff.

Er wurde sehr bewundert. »Er ist so schön wie ein Wetterhahn«, bemerkte einer der Ratsherren, der nach dem Ruf strebte, künstlerischen Geschmack zu besitzen; »nur nicht ganz so nützlich«, fügte er hinzu, denn er fürchtete, die Leute könnten ihn für unpraktisch halten, und das war er wirklich nicht.

»Warum kannst du nicht wie der glückliche Prinz sein?«, fragte eine vernünftige Mutter ihren kleinen Jungen, der verlangend nach dem Mond schrie. »Der glückliche Prinz denkt nicht im Traum daran, nach etwas zu schreien.« »Gott sei Dank, es gibt wenigstens einen Menschen auf der Welt, der ganz glücklich ist«, murrte ein enttäuschter Mann, als er einen Blick auf die wundervolle Statue warf. »Er sieht ganz aus wie ein Engel«, sagten die Waisenkinder, als sie in ihren hellroten Mänteln und den reinen, weißen Lätzchen aus dem Dom kamen.

»Woher wisst ihr das?«, fragte der Mathematikprofessor, »ihr habt doch nie einen Engel gesehen.«

»O doch, in unseren Träumen«, antworteten die Kinder; und der Professor runzelte die Stirne und blickte sehr strenge drein, denn er billigte es nicht, dass Kinder träumten. Eines Abends flog eine kleine Schwalbe über die Stadt. Ihre Freunde waren schon vor sechs Wochen nach Ägypten geflogen, aber sie war zurückgeblieben, denn sie liebte das allerschönste Schilfrohr. Sie hatte es zu Anfang des Frühlings getroffen, als sie hinter einer dicken, gelben Motte den Fluss hinabflog, und sie war so durch seinen schlanken Wuchs angezogen worden, dass sie Halt gemacht hatte, um mit ihm zu reden.

»Soll ich dich lieben?«, fragte die Schwalbe, die gern sofort zur Sache kam, und das Schilfrohr machte ihr eine tiefe Verneigung.

So flog sie immerfort um das Rohr herum, indem sie mit ihren Flügeln das Wasser berührte und kleine silberne Wellen machte. Das war ihr Liebeswerben, und es dauerte den ganzen Sommer.

»Ein lächerliches Verhältnis«, zwitscherten die andern Schwalben, »das Rohr hat kein Geld und eine viel zu große Verwandtschaft.« Und wirklich war der Fluss voll von Schilfrohr. Dann, als der Herbst kam, flogen sie alle davon. Als sie verschwunden waren, fühlte die Schwalbe sich einsam und begann, seiner Geliebten müde zu werden. »Es weiß sich nicht zu unterhalten«, sagte sie, »und ich fürchte, es ist kokett, denn es liebäugelt immer nach dem Wind.« Und in der Tat, so oft der Wind wehte, machte das Schilfrohr die anmutigsten Verneigungen. »Ich gebe zu, dass es häuslich ist«, fuhr die Schwalbe fort, »aber ich liebe das Reisen, und meine Frau sollte auch das Reisen lieben.«

»Willst du mit mir kommen?« fragte sie schließlich; aber das Schilfrohr schüttelte seinen Kopf, es hing zu sehr an seinem Heim.

»Du hast mit mir gescherzt«, rief die Schwalbe. »Ich reise nach den Pyramiden. Lebe wohl!«, und sie flog davon. Sie flog den ganzen Tag über, und gegen Abend langte sie in der Stadt an. »Wo soll ich einkehren?«, fragte sie; »hoffentlich hat die Stadt Vorkehrungen getroffen.«

Dann sah sie die Statue auf der schlanken Säule.

»Dort will ich einkehren«, rief sie; »es ist eine hübsche Lage mit recht viel frischer Luft.« So ließ sie sich gerade zwischen den Füßen des glücklichen Prinzen nieder.

»Ich habe ein goldenes Schlafzimmer«, sprach sie sanft zu sich selbst, als sie sich umsah, und sie schickte sich an, einzuschlafen. Aber gerade, als sie ihren Kopf unter ihren Flügel steckte, fiel ein großer Tropfen Wasser auf sie herab. »Wie seltsam!«, rief sie; »nicht eine einzige Wolke ist am Himmel, die Sterne sind ganz hell und klar, und doch regnet es. Das Klima im nördlichen Europa ist wirklich schrecklich. Das Schilfrohr pflegte zwar den Regen zu lieben, aber das war nur seine Selbstsucht.«

Wieder fiel ein Tropfen.

»Was hat man von einer Statue, wenn sie nicht gegen den Regen schützt?«, meinte die Schwalbe; »ich muss mir einen guten Kamin suchen.« Und sie beschloss fortzufliegen. Aber bevor sie ihre Flügel geöffnet hatte, fiel ein dritter Tropfen. Sie blickte auf und sah – ja, was sah sie wohl? Die Augen des glücklichen Prinzen waren mit Tränen gefüllt. Sein Gesicht war so schön im Mondlicht, dass die kleine Schwalbe von Mitleid ergriffen wurde.

»Wer bist du?«, fragte sie.

»Ich bin der glückliche Prinz.«

»Warum weinst du dann?«, fragte die Schwalbe; »du hast mich ganz nass gemacht.«

»Als ich noch lebte und ein menschliches Herz hatte«, antwortete die Statue, »da wusste ich nicht, was Tränen waren, denn ich lebte im Palast Sorgenfrei, wo dem Leid der Eintritt verboten ist. Den Tag über spielte ich mit meinen Gefährten im Garten, und des Abends führte ich den Tanz an im Großen Saal. Rund um den Garten zog sich eine ganz hohe Mauer, aber ich hielt es nie für der Mühe wert, danach zu fragen, was wohl dahinter lag, denn um mich herum war alles so schön. Meine Höflinge nannten mich den glücklichen Prinzen, und glücklich war ich auch wirklich, wenn Vergnügen ein Glück ist. So lebte ich, und so starb ich. Und jetzt, da ich tot bin, haben sie mich hier so hoch aufgestellt, dass ich alle Hässlichkeit und alles Elend meiner Stadt sehen kann, und wenn auch mein Herz aus Blei gemacht ist, so muss ich doch immerzu weinen.«

»Wie! Er ist nicht aus gediegenem Gold?«, sagte die Schwalbe zu sich selbst. Sie war zu höflich, laut irgendeine Anspielung zu machen.

»Weit von hier«, fuhr die Statue mit leiser, wohlklingender Stimme fort, »weit von hier in einer kleinen Straße steht ein ärmliches Haus. Eins von den Fenstern ist offen, und ich kann eine Frau sehen, die an einem Tisch sitzt. Ihr Gesicht ist mager und müde, und sie hat grobe, rote Hände, die ganz von Nadeln zerstochen sind, denn sie ist eine Näherin. Sie stickt Passionsblumen auf ein seidenes Kleid, das die lieblichste der Ehrendamen der Königin auf dem nächsten Hofball tragen soll. In der Ecke des Zimmers liegt ihr kleiner Junge krank in einem Bett. Er hat Fieber und verlangt nach Apfelsinen. Seine Mutter kann ihm nur Flusswasser geben, deshalb weint er. Schwalbe, Schwalbe, kleine Schwalbe, willst du ihr nicht den Rubin aus meinem Schwertgriff bringen? Meine Füße sind auf diesem Postament befestigt, und ich kann mich nicht bewegen.«

»Ich werde in Ägypten erwartet«, sagte die Schwalbe. »Meine Freunde fliegen den Nil hinauf und hinab und sprechen mit den großen Lotosblumen. Bald werden sie in dem Grab des großen Königs schlafen gehen. Der König liegt dort in seinem bemalten Sarg. Er ist in gelbe Leinwand gehüllt und mit Spezereien einbalsamiert. Um seinen Hals hängt eine Kette von bleichen, grünen Jadesteinen, und seine Hände sind wie verwelkte Blätter.«

»Schwalbe, Schwalbe, kleine Schwalbe«, sagte der Prinz, »willst du nicht eine Nacht bei mir bleiben und mein Bote sein? Der Knabe ist so durstig und seine Mutter so traurig.« »Ich liebe eigentlich Knaben nicht«, antwortete die Schwalbe. »Letzten Sommer, als ich mich an dem Flusse aufhielt, da waren dort zwei rohe Knaben, die Söhne des Müllers, die immerfort Steine nach mir warfen. Sie trafen mich natürlich nie, dafür stiegen wir Schwalben viel zu gut, und ich stamme auch außerdem aus einer Familie, die berühmt ist wegen ihrer Gewandtheit; aber immerhin war es ein Zeichen von Respektlosigkeit.«

Aber der glückliche Prinz machte ein so trauriges Gesicht, dass er der kleinen Schwalbe leidtat. »Es ist hier sehr kalt«, sagte sie; »aber eine Nacht will ich bei dir bleiben und dein Bote sein.«

»Ich danke dir, kleine Schwalbe«, sagte der Prinz. So pickte denn die Schwalbe den großen Rubin von des Prinzen Schwert herab und trug ihn im Schnabel über die Dächer der Stadt.

Sie kam an den Domtürmen vorbei, wo die weißen Marmorengel ausgemeißelt waren. Sie kam am Palast vorüber und hörte, wie man drinnen tanzte. Ein schönes Mädchen trat mit ihrem Geliebten auf den Balkon heraus. »Wie wundervoll sind die Sterne«, sagte er zu ihr, »und wie wundervoll ist die Macht der Liebe!«

»Hoffentlich wird mein Kleid rechtzeitig zum Hofball fertig«, antwortete sie; »ich habe bestellt, dass es mit Passionsblumen bestickt wird, aber die Näherinnen sind so faul.«

Die Schwalbe flog über den Fluss und sah die Laternen an den Schiffsmasten hängen. Sie flog über das Ghetto und sah, wie die alten Juden miteinander handelten und in kupfernen Waagschalen Geld abwogen. Schließlich kam sie zu dem ärmlichen Hause und blickte hinein. Der Knabe hustete fiebrig in seinem Bett, und die Mutter war vor Müdigkeit eingeschlafen. Die Schwalbe hüpfte hinein und legte den großen Rubin neben den Fingerhut der Frau. Dann flog sie leise um das Bett, indem sie die Stirne des Knaben mit ihren Flügeln fächelte. »Wie kühl ist es mir«, sagte der Knabe, »ich glaube, es geht mir besser«, und er sank in einen erquickenden Schlummer.

Dann flog die Schwalbe zurück zum glücklichen Prinzen und erzählte ihm, was sie getan hatte. »Es ist seltsam«, meinte sie, »aber ich fühle mich jetzt ganz warm, obgleich es so kalt ist.« »Das kommt, weil du eine gute Tat getan hast«, sagte der Prinz, und die kleine Schwalbe begann zu denken und fiel dann in Schlaf. Denken machte sie immer schläfrig.

Als der Tag anbrach, flog sie

zum Fluss hinab und nahm ein Bad. »Welch ein bemerkenswertes Phänomen«, sagte der Professor der Ornithologie, als er über die Brücke ging. »Eine Schwalbe im Winter!« Und er schrieb einen langen Bericht darüber an die Zeitung der Stadt. Alles sprach über diesen Bericht, denn er war voll von Ausdrücken, die niemand verstand.

»Heute Abend fliege ich nach Ägypten«, sagte die Schwalbe und wurde bei der Aussicht sehr fröhlich. Sie besuchte alle öffentlichen Denkmäler und saß lange Zeit oben auf dem Kirchturm. Überall, wohin sie kam, zirpten die Spatzen und sagten zueinander: »Was für ein vornehmer Fremder!«, so dass sie sich sehr gut unterhielt.

Als der Mond aufging, flog sie zum glücklichen Prinzen zurück. »Hast du einen Auftrag nach Ägypten?«, rief sie; »ich reise gerade ab.«

»Schwalbe, Schwalbe, kleine Schwalbe«, sagte der Prinz; »willst du nicht noch eine Nacht bei mir bleiben?«

»Ich werde in Ägypten erwartet«, antwortete die Schwalbe. »Morgen wollen meine Freunde zum Zweiten Wasserfall hinausfliegen. Das Flusspferd kauert dort zwischen den Binsen, und auf einem großen Granitthron sitzt der Gott Memnon. Die ganze Nacht durch beobachtet er die Sterne, und wenn der Morgenstern scheint, stößt er einen Freudenruf aus, und dann ist er still. Um Mitternacht kommen die gelben Löwen an den Rand des Wassers, um zu trinken. Sie haben Augen wie grüne Berylle, und ihr Brüllen ist lauter als das Brüllen des Wasserfalles.«

»Schwalbe, Schwalbe, kleine Schwalbe«, sagte der Prinz, »weit von hier, am Rande der Stadt, sehe ich einen jungen Mann in einer Dachkammer. Er lehnt sich über ein Pult, das mit Papieren bedeckt ist, und neben ihm in einem Glase steht ein Bund verwelkter Veilchen. Sein Haar ist braun und kraus, seine Lippen sind rot wie Granatäpfel, und er hat große und verträumte Augen. Er versucht, ein Stück für den Direktor des Theaters fertig zu stellen, aber ihm ist zu kalt, um noch etwas zu schreiben. Im Kamin brennt kein Feuer, und der Hunger hat ihn ganz matt gemacht.«

»Ich will noch eine Nacht bei dir verweilen«, sagte die Schwalbe, die wirklich ein gutes Herz hatte. »Soll ich ihm auch einen Rubin bringen?«

»Ach, ich habe jetzt keinen Rubin mehr«, sagte der Prinz, »meine Augen sind alles, was mir geblieben ist. Sie sind aus seltenen Saphiren gemacht, die man vor tausend Jahren aus Indien gebracht hat. Picke einen aus und bring ihn ihm. Er wird ihn an einen Juwelier verkaufen, sich Nahrung und Brennholz verschaffen und sein Stück beenden.« »Lieber Prinz«, sagte die Schwalbe, »das kann ich nicht tun«, und sie begann zu weinen.

»Schwalbe, Schwalbe, kleine Schwalbe«, sagte der Prinz, »tu nur, wie ich dir gesagt habe.«

Da pickte die Schwalbe des Prinzen Auge aus und flog damit zu des Studenten Dachkammer. Es war ganz leicht hineinzukommen, denn im Dach befand sich ein Loch. Sie schoss hindurch und gelangte ins Zimmer. Der junge Mann hatte seinen Kopf in seinen Händen vergraben, so dass er das Flattern der Schwalbenflügel nicht hörte, und als er aufblickte, fand er den schönen Saphir auf den verwelkten Veilchen liegen.

»Man beginnt mich zu schätzen«, sagte er; »dies ist von einem großen Verehrer. Jetzt kann ich mein Stück beenden«, und er sah sehr glücklich aus.

Am nächsten Tag flog die Schwalbe zum Hafen hinunter. Sie saß auf dem Mast eines großen Schiffes und beobachtete die Matrosen, wie sie schwere Kisten an Stricken aus dem Schiffsbauch heraufzogen. »Hebt – an!«, schrien sie jedes Mal, wenn eine Kiste heraufkam. »Ich reise nach Ägypten«, rief die Schwalbe, aber niemand bekümmerte sich darum, und als der Mond aufging, flog sie zurück zum glücklichen Prinzen.

»Ich bin gekommen, um dir Lebewohl zu sagen«, rief sie. »Schwalbe, Schwalbe, kleine Schwalbe«, sagte der Prinz, »willst du nicht noch eine Nacht bei mir bleiben?«

»Es ist Winter«, antwortete die Schwalbe, »und bald wird der kalte Schnee hier sein. In Ägypten brennt die Sonne warm auf den grünen Palmzweigen, und die Krokodile liegen im Schlamm und blicken träge umher. Meine Gefährten bauen ein Nest im Tempel von Baalbek, und die blassroten und weißen Tauben beobachten sie und girren sich zu. Lieber Prinz, ich muss dich verlassen, aber ich will dich nie vergessen, und nächstes Frühjahr werde ich dir zwei schöne Edelsteine bringen für die, die du fortgegeben hast. Der Rubin soll röter sein als eine rote Rose, und der Saphir so blau wie die weite See.«

»Unten auf dem Platz«, sagte der glückliche Prinz, »da steht ein kleines Streichholzmädchen. Sie hat ihre Streichhölzer in den Rinnstein fallen lassen, und sie sind alle verdorben. Ihr Vater wird sie schlagen, wenn sie kein Geld nach Hause bringt, deshalb weint sie. Sie hat weder Schuhe noch Strümpfe, und ihr kleiner Kopf ist bloß. Picke mein anderes Auge aus und bringe es ihr, dann wird ihr Vater sie nicht schlagen.«

»Ich will noch eine Nacht bei dir bleiben«, sagte die Schwalbe, »aber dein Auge kann ich nicht auspicken. Du würdest dann ganz blind sein.«

»Schwalbe, Schwalbe, kleine Schwalbe«, sagte der Prinz, »tue, wie ich dir gesagt habe.«

So pickte sie denn das andere Auge des Prinzen aus und flog damit hinab. Sie schoss hinter das

Streichholzmädchen und ließ den Edelstein in ihre hohle Hand gleiten. »Was für ein köstliches Stück Glas«, rief das kleine Mädchen; und sie rannte jubelnd nach Hause.

Dann kam die Schwalbe zurück zu dem Prinzen. »Du bist jetzt blind«, sagte sie, »deshalb will ich immer bei dir bleiben.« »Nein, kleine Schwalbe«, sagte der arme Prinz, »du musst fortgehen nach Ägypten.«

»Ich werde immer bei dir bleiben«, sagte die Schwalbe und schlief zu des Prinzen Füßen. Den ganzen nächsten Tag saß sie auf des Prinzen Schulter und erzählte ihm Geschichten von allem, was sie in seltsamen Ländern gesehen hatte. Sie erzählte ihm von roten Ibissen, die in langen Reihen auf den Bänken am Nil stehen und in ihren Schnäbeln Goldfische fangen; von der Sphinx, die so alt ist wie die Welt, die in einer Wüste lebt und alles weiß; von Kaufleuten, die langsam neben ihren Kamelen dahin schreiten und Bernsteinperlen in ihrer Hand tragen; von dem König der Mondberge, der so schwarz ist wie Ebenholz und einen großen Kristall anbetet; von der großen, grünen Schlange, die in einem Palmbaum schläft und zwanzig Priester hat, die sie mit Honigkuchen füttern; und von den Pygmäen, die über einen weiten See auf großen, flachen Blättern dahinsegeln und immer im Kriege mit den Schmetterlingen sind.

»Liebe, kleine Schwalbe«, sagte der Prinz, »du erzählst mir von wunderbaren Dingen, aber wunderbarer als alles ist das Leiden von Männern und Frauen. Kein Geheimnis ist so groß als das Elend. Fliege über meine Stadt und erzähle mir, was du dort siehst.«

Da flog nun die Schwalbe über die große Stadt und sah, wie sich die Reichen in ihren schönen Häusern belustigten, während die Bettler an den Toren saßen. Sie flog in dunkle Gassen und sah die blassen Gesichter verhungernder Kinder gleichgültig auf die schwarzen Straßen starren. Unter einem Brückenbogen lagen zwei kleine Knaben aneinander geschmiegt und versuchten, sich warm zu halten. »Wie hungrig wir sind!«, sagten sie. »Ihr dürft hier nicht liegen«, rief der Wächter, und sie wanderten hinaus in den Regen. Dann flog sie zurück und erzählte dem Prinzen, was sie gesehen hatte.

»Ich bin mit reinem Gold bedeckt«, sagte der Prinz, »du musst es Blatt für Blatt abnehmen und es meinen Armen geben; die Lebenden glauben immer, dass Gold sie glücklich machen kann.«

Blatt auf Blatt von dem reinen Gold pickte die Schwalbe ab, bis der glückliche Prinz ganz stumpf und grau aussah. Blatt auf Blatt von dem reinen Gold brachte sie den Armen. Die Gesichter der Kinder röteten sich, sie lachten und spielten ihre Spiele in den Straßen. »Jetzt haben wir Brot!«, riefen sie.

Dann kam der Schnee, und nach dem Schnee kam der Frost. Die Straßen sahen aus, als seien sie aus Silber gemacht, so glänzten und gleißten sie. Lange Eiszapfen hingen wie Kristalldolche von den Dachrinnen herab, alles ging in Pelzen, und die kleinen Knaben trugen rote Kappen und liefen Schlittschuh auf dem Eis.

Die arme, kleine Schwalbe wurde kälter und kälter, aber sie wollte den Prinzen nicht verlassen, sie liebte ihn zu sehr. Sie pickte Krümel vor des Bäckers Türe auf, wenn der Bäcker nicht hinsah, und versuchte, sich warm zu halten, indem sie mit den Flügeln schlug. Sie wusste, dass sie sterben musste. Sie hatte gerade die Kraft, noch einmal auf die Schulter des Prinzen zu steigen.

»Leb wohl, lieber Prinz«, flüsterte sie, »darf ich deine Hand küssen?«

»Ich freue mich, dass du endlich nach Ägypten gehst, kleine Schwalbe«, sagte der Prinz, »du hast dich viel zu lang hier aufgehalten; aber du musst mich auf die Lippen küssen, denn ich liebe dich.«

»Ich gehe nicht nach Ägypten«, sagte die Schwalbe. »Ich gehe in das Haus des Todes. Der Tod ist der Bruder des Schlafes, nicht wahr?«

Und sie küsste den glücklichen Prinzen auf die Lippen und sank tot zu seinen Füßen hin. In diesem Augenblick ertönte ein seltsames Krachen in der Statue, als sei darin etwas zerbrochen. Das bleierne Herz war vollständig entzweigesprungen. Es herrschte aber auch wirklich ein grimmig starker Frost.

Früh am nächsten Morgen ging unten über den Platz der Bürgermeister in Gesellschaft der Stadträte. Als sie an der Säule vorbeikamen, blickte er zur Statue empor: »Lieber Himmel! Wie schäbig der glückliche Prinz aussieht!«, sagte er. »Er sieht wirklich schäbig aus!«, schrien die Stadträte, die immer mit dem Bürgermeister übereinstimmten; und sie stiegen hinauf, um ihn zu betrachten.

»Der Rubin ist aus seinem Schwert gefallen, die Augen sind fort, und er hat keine Vergoldung mehr«, sagte der Bürgermeister; »er ist wahrhaftig nicht viel mehr wert als ein Bettler!«

»Nicht viel mehr wert als ein Bettler«, sagten die Stadträte.

»Und hier liegt ein toter Vogel zu seinen Füßen!«, fuhr der Bürgermeister fort. »Wir müssen wirklich eine Verordnung erlassen, dass Vögeln nicht erlaubt ist, hier zu sterben.« Und der Stadtschreiber notierte sich die Anregung. So rissen sie denn die Statue des glücklichen Prinzen herab. »Da er nicht mehr schön ist, ist er nicht mehr nützlich«, sagte der Professor der schönen Künste an der Universität. Dann schmolzen sie die Statue in einem Schmelzofen, und der Bürgermeister veranstaltete eine Ratssitzung, um zu entscheiden, was mit dem Metall geschehen sollte. »Natürlich müssen wir eine andere Statue haben«, sagte er, »und es soll eine Statue von mir sein.«

»Von mir«, sagte jeder der Stadträte, und sie zankten sich. Als ich das letzte Mal von ihnen hörte, zankten sie sich noch immer.

»Was für eine merkwürdige Sache!«, sagte der Werkmeister in der Gießerei. »Dieses zerbrochene Bleiherz will in dem Ofen nicht schmelzen. Wir müssen es wegwerfen.« So warfen sie es auf einen Kehrichthaufen, wo auch schon die tote Schwalbe lag.

»Bring mir die beiden kostbarsten Dinge, die es in der Stadt gibt«, sagte Gott zu einem seiner Engel, und der Engel brachte ihm das bleierne Herz und den toten Vogel.

»Du hast recht gewählt«, sagte Gott, »denn in meinem Paradiesgarten soll dieser kleine Vogel für immer singen, und in meiner goldenen Stadt soll mich der glückliche Prinz preisen.«

Die Nachtigall und die Rose

»Sie sagte, sie würde mit mir tanzen, wenn ich ihr rote Rosen brächte«, rief der junge Student, »aber in meinem ganzen Garten ist keine rote Rose.«

Aus ihrem Nest auf dem Stamme der Steineiche hörte ihn die Nachtigall, und sie blickte neugierig durch die Blätter hinaus.

»Keine rote Rose in meinem ganzen Garten!«, rief er, und seine schönen Augen füllten sich mit Tränen. »Ach, von was für Kleinigkeiten hängt das Glück ab! Ich habe alles gelesen, was die weisen Männer geschrieben haben, und alle Geheimnisse der Philosophie sind mein, aber weil mir eine rote Rose fehlt, ist mein Leben elend geworden.«

»Hier ist doch endlich einer, der wahrhaft liebt«, sagte die Nachtigall. »Nacht für Nacht habe ich von ihm gesungen, obgleich ich ihn nicht kannte: Nacht für Nacht habe ich den Sternen seine Geschichte erzählt, und jetzt sehe ich ihn. Sein Haar ist dunkel wie die Hyazinthenblüte, seine Lippen sind rot wie die Rose, nach der er verlangt. Aber Leidenschaft hat sein Gesicht zu bleichem Elfenbein gemacht, und Kummer hat sein Siegel auf seine Stirne gedrückt.«

»Der Prinz gibt morgen Abend einen Ball«, murmelte der junge Student, »und meine Geliebte wird ihn mitmachen. Wenn ich ihr eine rote Rose bringe, wird sie mit mir tanzen bis zum Morgen. Wenn ich ihr eine rote Rose bringe, werde ich sie in meinen

Armen halten, sie wird ihr Haupt an meine Schulter lehnen, und ihre Hand wird sich in meine schließen. Aber es wächst keine rote Rose in meinem Garten, deshalb werde ich einsam sitzen, und sie wird an mir vorübergehen. Sie wird mich nicht beachten, und mein Herz wird brechen.«

»Das ist wirklich die wahre Liebe«, sagte die Nachtigall. »Wovon ich singe, das erleidet er: was mir Lust ist, ihm ist es Schmerz. Gewiss, Liebe ist etwas Wundervolles. Sie ist kostbarer als Smaragde und wertvoller als echte Opale. Für Perlen und Granatäpfel kann man sie nicht kaufen, noch ist sie auf dem Marktplatz ausgestellt. Man kann sie bei keinem Händler erstehen, noch lässt sie sich in einer Waagschale für Gold auswiegen.«

»Die Musiker werden auf ihrer Galerie sitzen«, sagte der junge Student, »und auf ihren Saiteninstrumenten spielen, und meine Geliebte wird zur Musik der Harfe und der Violine tanzen. Sie wird so leicht dahintanzen, dass ihre Füße nicht den Boden berühren, und die Höflinge in ihren glänzenden Kleidern werden sich um sie drängen. Aber mit mir wird sie nicht tanzen, denn ich habe ihr keine rote Rose zu geben«, und er warf sich auf das Gras hin und verbarg sein Gesicht in seinen Händen und weinte.

»Warum weint er?«, fragte eine kleine grüne Eidechse, als sie mit dem Schwanz in der Luft an ihm vorbeirannte.

»Ja, warum?«, sagte ein Schmetterling, der hinter einem Sonnenstrahl dahinflatterte.

»Ja, warum?«, flüsterte ein Gänseblümchen mit sanfter, leiser Stimme zu seiner Nachbarin.

»Er weint um eine rote Rose«, sagte die Nachtigall.

»Um eine rote Rose!«, riefen sie; »wie unendlich lächerlich!«

Die kleine Eidechse, die so etwas wie ein Zyniker war, lachte aus vollem Halse. Aber die Nachtigall verstand im Innersten den Schmerz des Studenten, und sie saß schweigend auf dem Eichbaum und dachte nach über das Geheimnis der Liebe. Plötzlich breitete sie ihre braunen Flügel zum Fliegen aus und schwang sich in die Luft. Wie ein Schatten glitt sie durch den Hain, und wie ein Schatten segelte sie über den Garten. Im Mittelpunkte des Rasenplatzes stand ein schöner Rosenstrauch, und als sie ihn sah, flog sie zu ihm hin und setzte sich auf einen Zweig.

»Gib mir eine rote Rose«, rief sie, »und ich will dir mein süßestes Lied singen.«

Aber der Strauch schüttelte seinen Kopf.

»Meine Rosen sind weiß«, antwortete er; »so weiß wie der Schaum des Meeres und weißer als der Schnee auf dem Berge. Aber geh zu meinem Bruder, der rings um die alte Sonnenuhr wächst, und vielleicht wird er dir geben, was du wünschest.«

Da flog die Nachtigall hinüber

zu dem Rosenstrauch, der rings um die alte Sonnenuhr wuchs.

»Gib mir eine rote Rose«, rief sie, »und ich will dir mein süßestes Lied singen.«

Aber der Strauch schüttelte seinen Kopf.

»Meine Rosen sind gelb«, antwortete er; »so gelb wie das Haar der Seejungfer, die auf einem Thron von Bernstein sitzt, und gelber als die gelbe Narzisse, die auf der Wiese blüht, bevor der Mäher kommt mit seiner Sense. Aber geh zu meinem Bruder, der unter des Studenten Fenster wächst, und vielleicht wird er dir geben, was du wünschest.«

Da flog die Nachtigall hinüber zu dem Rosenstrauch, der unter des Studenten Fenster wuchs.

»Gib mir eine rote Rose«, rief sie, »und ich will dir mein süßestes Lied singen.«

Aber der Strauch schüttelte seinen Kopf.

»Meine Rosen sind rot«, antwortete er; »so rot wie die Füße der Taube und röter als die großen Wedel der Koralle, die in der Tiefe des Meeres hin und her wogen. Aber der Winter hat meine Adern erkältet, der Frost hat meine Knospen zerstört, der Sturm hat meine Zweige gebrochen, und so werde ich dieses Jahr überhaupt keine Rosen haben.«

»Eine rote Rose ist alles, was ich brauche«, rief die Nachtigall, »nur eine rote Rose! Gibt es denn keine Möglichkeit, eine zu erlangen?«

»Es gibt eine Möglichkeit«, antwortete der Strauch; »aber sie ist so schrecklich, dass ich es nicht wage, sie dir zu nennen.« »Nenne sie mir«, sagte die Nachtigall, »ich fürchte mich nicht.« »Wenn du eine rote Rose wünschest«, sagte der Strauch, »dann musst du sie bei Mondschein aus Musik bilden und sie mit deinem eigenen

Herzblut färben. Du musst vor mir singen, deine Brust gegen einen Dorn gedrückt. Die ganze Nacht durch musst du mir singen, und der Dorn muss dein Herz durchbohren, und dein Lebensblut muss in meine Adern fließen und mein Blut werden.«

»Tod ist ein hoher Preis für eine rote Rose«, rief die Nachtigall, »und Leben ist einem jeden sehr teuer. Es ist angenehm, im grünen Gehölz zu sitzen, die Sonne auf ihrem goldenen Wagen zu beobachten und den Mond auf seinem Perlenwagen. Süß ist der Duft des Weißdorns, und süß sind die Glockenblumen, die sich im Tal verbergen, und das Heidekraut, das auf dem Hügel blüht. Aber Liebe ist besser als Leben, und was ist das Herz eines Vogels, verglichen mit dem Herzen eines Menschen?«

Da breitete sie ihre braunen Flügel zum Fliegen aus und schwang sich in die Luft. Wie ein Schatten glitt sie über den Garten und segelte durch den Hain. Der junge Student lag noch auf dem Grase, wo sie ihn verlassen hatte. Die Tränen waren noch nicht getrocknet in seinen schönen Augen.

»Sei glücklich«, rief die Nachtigall, »sei glücklich; du sollst deine rote Rose haben. Aus Musik will ich sie bei Mondschein bilden und sie färben mit meinem eigenen Herzblut. Alles, was ich zum Dank dafür verlange, ist, dass du ein wahrer Liebhaber bist, denn Liebe ist weiser als Philosophie, mag diese auch noch so weise sein, und stärker als Macht, mag diese auch noch so stark sein. Feuerfarben sind ihre Schwingen und feuerfarben ist ihr Leib. Ihre Lippen sind süß wie Honig und ihr Atem ist wie Weihrauch.«

Der Student blickte auf von

dem Gras und lauschte, aber er konnte nicht verstehen, was die Nachtigall zu ihm sprach, denn er kannte nur Dinge, die in Büchern niedergeschrieben sind.

Aber der Eichbaum verstand und wurde traurig, denn er liebte die kleine Nachtigall, die ihr Nest in seinen Zweigen gebaut hatte.

»Sing mir noch ein letztes Lied«, flüsterte er; »ich werde mich sehr einsam fühlen, wenn du fort bist.«

Da sang die Nachtigall zum Eichbaum, und ihre Stimme war wie Wasser, das aus einem silbernen Gefäß tropft.

Als sie ihren Gesang beendet hatte, erhob sich der Student und zog ein Notizbuch und einen Bleistift aus seiner Tasche. »Form hat sie«, sagte er zu sich selbst, als er durch den Hain davonwandelte, »das kann man ihr nicht abstreiten; aber hat sie Gefühl? Ich fürchte, nein. Natürlich ist sie wie die meisten Künstler; sie ist ganz Stil ohne innere Echtheit. Sie würde sich nicht für andere opfern. Sie denkt nur an Musik, und jeder weiß, dass die Künste selbstsüchtig sind. Trotzdem muss man zugeben, dass sie einige schöne Töne in ihrer Stimme hat. Wie schade, dass kein Sinn in ihnen steckt und dass sie keinen praktischen Wert haben.« Und er ging in sein Zimmer, legte sich auf sein kleines Strohsackbett und begann, über seine Liebe nachzudenken. Nach einiger Zeit versank er in Schlummer. Als der Mond am Himmel schien, flog die Nachtigall zu dem Rosenstrauch und drückte ihre Brust gegen den Dorn. Die ganze Nacht durch sang sie, ihre Brust gegen den Dorn gedrückt. Der kalte, kristallene Mond neigte sich hinab und lauschte. Die ganze Nacht durch sang sie, und der Dorn ging tiefer und tiefer in ihre Brust, und ihr Lebensblut ebbte hinweg von ihr. Sie sang zuerst von der Geburt der Liebe im Herzen eines Knaben und eines Mädchens. Und auf dem obersten Zweig des Rosenstrauchs da erblühte eine wunderbare Rose, Blumenblatt nach Blumenblatt, wie ein Lied dem andern folgte. Bleich war sie im Anfang wie der Nebel, der über dem Fluss hängt – bleich wie die Füße des Morgens und silbern wie die Schwingen der Dämmerung. Wie der Schatten einer Rose in einem silbernen Spiegel, wie der Schatten einer Rose in einem Wasserpfuhl, so war die Rose, die auf dem obersten Zweig des Rosenstrauches erblühte.

Aber der Strauch rief der Nachtigall zu: »Presse dich fester an, kleine Nachtigall«, rief der Strauch, »sonst kommt der Tag, bevor die Rose vollendet ist.« Da presste sich die Nachtigall fester gegen den Dorn. Lauter und lauter wurde ihr Singen, denn sie sang von der Geburt der Leidenschaft in der Seele eines Mannes und einer Jungfrau. Und ein zartes, rosiges Glühen kam in die Rosenblätter, wie das Erröten im Gesicht des Bräutigams, wenn er die Lippen der Braut küsst. Aber der Dorn hatte noch nicht ihr Herz erreicht, darum blieb das Herz der Rose weiß, denn nur das Herzblut einer Nachtigall kann das Herz einer Rose rot färben. Und der Strauch rief der Nachtigall zu: »Presse dich fester an, kleine Nachtigall«, rief der Strauch, »sonst kommt der Tag, bevor die Rose vollendet ist.«

Da presste sich die Nachtigall fester gegen den Dorn an, und der Dorn berührte ihr Herz, und ein scharfes Wehgefühl durchfuhr sie. Bitter, bitter war das Weh, und wilder und wilder wurde ihr Singen, denn sie sang von der Liebe, die durch den Tod geheiligt wird, von der Liebe, die im Grab nicht stirbt. Und die wunderbare Rose wurde tiefrot wie die Rose des östlichen Himmels. Tiefrot war der Kranz der Blumenblätter, und tiefrot wie ein Rubin war das Herz.

Aber der Nachtigall Stimme wurde schwächer und ihre kleinen Flügel begannen zu zittern. Ein Nebel legte sich über ihre Augen. Schwächer und schwächer wurde ihr Singen, und sie fühlte, wie etwas in ihrer Kehle ihr den Atem benahm. Da gab sie einen letzten Ausbruch von Musik. Der bleiche Mond hörte ihn, er vergaß den Tagesanbruch und verharrte am Himmel. Die rote Rose hörte ihn und zitterte ganz und gar vor Entzücken und öffnete ihre Blumenblätter der kalten Morgenluft. Das Echo trug ihn zu seiner purpurnen Höhle in den Bergen und erweckte die schlafenden Schäfer aus ihren Träumen. Er flutete durch das Schilfrohr am Flusse, und dieses trug die Botschaft nach dem Meere.

»Sieh an!«, rief der Strauch, »die Rose ist jetzt vollendet«, aber die Nachtigall gab keine Antwort, denn sie lag tot in dem hohen Gras mit dem Dorn in ihrer Brust.

Gegen Mittag öffnete der Student sein Fenster und blickte hinaus. »Was für ein wunderbarer Glücksfall!«, rief er; »hier ist eine rote Rose! In meinem ganzen Leben habe ich keine solche Rose gesehen. Sie ist so schön, dass sie sicherlich einen langen lateinischen Namen haben muss.« Er neigte sich hinaus und pflückte sie. Dann setzte er seinen Hut auf und lief mit der Rose in der Hand nach des Professors Haus.

Die Tochter des Professors saß im Türeingang und wickelte blaue Seide auf eine Rolle, und ihr kleiner Hund lag zu ihren Füßen. »Sie sagten, Sie würden mit mir tanzen, wenn ich Ihnen eine rote Rose brächte«, rief der Student. »Hier ist die roteste Rose der Welt. Sie werden sie heute Abend an Ihrem Herzen tragen. Und wenn wir zusammen tanzen, dann will ich Ihnen sagen, wie ich Sie liebe.«

Aber das Mädchen runzelte die Stirn. »Ich fürchte, sie wird zu meinem Kleid nicht passen«, antwortete sie; »und übrigens hat mir des Kammerherrn Neffe einige echte Juwelen geschickt, und jeder weiß, dass Juwelen mehr kosten als Blumen.«

»Auf mein Wort, Sie sind wirklich sehr undankbar«, sagte der Student ärgerlich. Er warf die Rose auf die Straße, wo sie in den Rinnstein fiel, und ein Karrenrad ging darüber weg.

»Undankbar!«, sagte das Mädchen. »Ich will Ihnen etwas anderes sagen. Sie benehmen sich sehr ungeschliffen. Und übrigens: Was sind Sie? Nur ein Student. Ich glaube, Sie haben nicht einmal silberne Schnallen an Ihren Schuhen, wie sie des Kammerherrn Neffe hat.« Sie erhob sich von ihrem Stuhl und trat in das Haus.

»Was für eine verrückte Sache die Liebe ist«, sagte der Student, als er wegging. »Sie ist nicht halb so nützlich wie die Logik, denn sie beweist nichts, und sie erzählt einem immer von Dingen, die sich nicht ereignen, und macht einen an Dinge glauben, die nicht wahr sind. Wahrhaftig, sie ist ganz unpraktisch. In der heutigen Zeit muss man vor allem praktisch sein. Ich werde zur Philosophie zurückkehren und Metaphysik studieren.«

Damit ging er wieder in sein Zimmer, zog ein dickes, staubiges Buch hervor und begann zu lesen.

Der Geburtstag der Infantin

Es war der Geburtstag der Infantin. Sie zählte gerade zwölf Jahre, und die Sonne schien hell in die Gärten des Palastes.

Obgleich sie eine wirkliche Prinzessin und die Infantin von Spanien war, so hatte sie nur einen Geburtstag in jedem Jahr, gerade wie die Kinder von ganz armen

Leuten. Deshalb war es natürlich eine Sache von hoher Bedeutung für das ganze Land, dass es bei der Gelegenheit ein wirklich schönes Wetter sein musste. Und es war tatsächlich ein wirklich schönes Wetter. Die hohen gestreiften Tulpen standen steif auf ihren Stängeln wie lange Reihen von Soldaten und blickten verächtlich über das Gras nach den Rosen und sagten: »Jetzt sind wir mindestens so prächtig wie ihr.« Die roten Schmetterlinge flatterten mit Goldstaub auf ihren Flügeln umher und besuchten der Reihe nach alle Blumen. Die kleinen Eidechsen krochen aus den Spalten der Mauer hervor und lagen, sich sonnend, in dem lichten Glanz. Die Granatäpfel sprangen und krachten von der Hitze und zeigten ihr blutrotes Innere. Selbst die blassgelben Zitronen, die in solcher Überfülle von dem zerfallenden Spalier und an den schattigen Arkaden hingen, schienen von dem wundervollen Sonnenlicht eine reifere Farbe bekommen zu haben. Die Magnolienbäume öffneten ihre großen kugeligen, wie von Elfenbein geschnittenen Blüten und erfüllten die Luft mit einem süßen, schweren Duft.

Die kleine Prinzessin lief mit ihren Gefährten die Terrasse hinauf und hinab und spielte Versteck hinter den Steinvasen und den alten, moosbewachsenen Statuen. An gewöhnlichen Tagen durfte sie nur mit ebenbürtigen Kindern spielen, daher musste sie immer allein spielen. Doch ihr Geburtstag war eine Ausnahme. Der König hatte Befehl gegeben, dass sie von ihren jungen Freunden einladen konnte, wen sie wollte, um sich mit ihnen zu vergnügen. Es lag eine prächtige Anmut in diesen schlanken spanischen Kindern, wenn sie dahinzogen. Die

Knaben mit großen Federn auf den Hüten und mit kurzen, flatternden Mänteln, die Mädchen, die die Schleppen ihrer langen Brokatgewänder festhielten und mit riesigen schwarzsilbrigen Fächern ihre Augen vor der Sonne schützten. Aber die Infantin war die anmutigste von allen und sie war am geschmackvollsten gekleidet nach der etwas bedrückten Mode der Zeit. Ihr Kleid war von grauer Seide, der Rock und die breit gepufften Ärmel schwer mit Silber bestickt, und der starre Schnürleib mit Reihen echter Perlen besetzt. Zwei winzige Pantoffeln mit großen roten Rosetten lugten unter ihrem Kleid hervor, wenn sie ging. Rötlich und perlfarben war ihr Florfächer, und in ihrem Haar, das wie eine Strahlenkrone von blassem Gold steif um ihr bleiches Gesichtchen stand, trug sie eine weiße Rose.

Von einem Fenster im Palaste aus sah ihnen der grämliche König zu. Hinter ihm stand sein Bruder, Don Pedro von Aragonien, den er hasste. Sein Beichtvater, der Großinquisitor von Granada, saß an seiner Seite. Trauriger noch als gewöhnlich war der König, denn als er auf die Infantin blickte, die mit kindlicher Würde ihrem sich versammelnden Hofstaat eine Verneigung machte oder hinter ihrem Fächer über die finstere Herzogin von Albuquerque lachte, die sie immer begleitete, dachte er an die junge Königin, ihre Mutter, die vor erst kurzer Zeit – so schien es ihm – aus dem fröhlichen Frankreich gekommen und in der düsteren Pracht des spanischen Hofes dahingewelkt war. Sie war gerade sechs Monate nach der Geburt ihres Kindes gestorben, bevor sie zweimal in dem Obstgarten die Mandeln blühen gesehen oder eines zweiten Jahres

Frucht von dem alten, knorrigen Feigenbaum gepflückt hatte, der gerade in der Mitte des jetzt grasbewachsenen Hofraumes stand. So groß war seine Liebe zu ihr gewesen, dass er nicht einmal duldete, dass das Grab sie vor ihm verbarg. Sie war durch einen maurischen Arzt einbalsamiert worden, dem man zum Lohn für seinen Dienst sein Leben geschenkt hatte, das, wie man erzählte, wegen Ketzerei und Verdacht magischer Kunstgriffe schon der Inquisition verfallen war. Noch immer lag ihr Körper auf seiner teppichbedeckten Bahre genau so, wie ihn die Mönche vor nun fast zwölf Jahren an jenem stürmischen Märztag dahingetragen hatten. Einmal in jedem Monat ging der König, in einen dunklen Mantel gehüllt, eine umwickelte Laterne in der Hand, dorthin und kniete an ihrer Seite nieder. »Mi reina! Mi reina!«, rief er. Manchmal durchbrach er die strenge Etikette, die in Spanien jede einzelne Handlung des Lebens regelt und selbst dem Leid eines Königs Grenzen setzt, und ergriff in einer wilden Schmerzensangst die bleichen, juwelengeschmückten Hände und versuchte, mit seinen wahnsinnigen Küssen das kalte, bemalte Antlitz zu erwecken.

Heute schien er sie wieder so zu sehen, wie er sie zuerst auf dem Schloss von Fontainebleau gesehen hatte, als er erst fünfzehn Jahre alt und sie noch jünger war. Sie waren bei jener Gelegenheit von dem päpstlichen Nuntius in Gegenwart des französischen Königs und des ganzen Hofes feierlich verlobt worden. Als er zum Eskorial zurückkehrte, brachte er ein kleines Ringlein von blondem Haar mit sich und die Erinnerung an zwei kindliche Lippen, die sich über seine Hand beugten, um sie zu küssen, als er in seinen Wagen stieg. Später folgte die Heirat, die man schnell in Burgos, einer kleinen Stadt an der Grenze zwischen den beiden Ländern, geschlossen hatte, und der große öffentliche Einzug in Madrid mit dem herkömmlichen feierlichen Hochamt in der Kirche von La Atocha und einem ungewöhnlich feierlichen Autodafé, bei dem nahezu dreihundert Ketzer, darunter auch manche Engländer, der geistlichen Gewalt zur Verbrennung übergeben wurden.

Sicherlich hatte er sie wahnsinnig geliebt. Viele glaubten, zum Schaden seines Landes, das damals mit England um den Besitz der neuen Welt kämpfte. Er hatte ihr kaum jemals erlaubt, seinen Gesichtskreis zu verlassen; für sie hatte er alle schweren Staatsgeschäfte vergessen oder schien sie wenigstens vergessen zu haben. Mit jener schrecklichen Blindheit, die Leidenschaft über ihre Sklaven bringt, bemerkte er nicht, dass die erlesenen Feierlichkeiten, durch die er ihr zu gefallen suchte, nur die seltsame Krankheit verstärkten, an der sie litt. Als sie starb, war er eine Zeitlang wie einer, der seinen Verstand verloren hat. Zweifellos hätte er förmlich abgedankt und sich in das große Trappistenkloster zu Granada, dessen Titularprior er schon war, zurückgezogen, hätte er sich nicht gefürchtet, die kleine Infantin der Gewalt seines Bruders zu überlassen, der wegen seiner Grausamkeit selbst in Spanien berüchtigt war und von dem viele vermuteten, er habe den Tod der Königin durch ein Paar vergifteter Handschuhe herbeigeführt, die er ihr bei ihrem Besuche in seinem Schlosse in Aragonien geschenkt hatte. Selbst nach Ablauf der dreijährigen öffentlichen Trauer, die er durch königlichen Befehl für seine ganzen Staaten angeordnet hatte, duldete er nie, dass seine Minister von einer neuen Heirat sprachen. Als der Kaiser selbst zu ihm schickte und ihm die Hand der lieblichen Erzherzogin von Böhmen, seiner Nichte, zur Heirat anbot, bat er die Gesandten, sie möchten ihrem Herrn erzählen, der König von Spanien sei schon mit der Trauer vermählt. Wenn diese auch eine Braut ohne Frucht sei, so liebe er sie doch mehr als die Schönheit. Diese Antwort kostete seiner Krone die reichen Provinzen der Niederlande, die sich bald nachher auf

Anstiften des Kaisers unter Führung einiger Fanatiker der reformierten Kirche gegen ihn auflehnten.

Sein ganzes Eheleben mit seiner wilden, flammenden Freude und dem schrecklichen Schmerz bei dem plötzlichen Ende schien ihm heute zurückzukehren, als er der Infantin beim Spielen auf der Terrasse zusah. Sie hatte ganz das hübsche, mutwillige Benehmen der Königin, dieselbe eigensinnige Art, den Kopf emporzuwerfen, denselben stolz geschwungenen, schönen Mund, dasselbe wundervolle Lachen – vrai sourire de

France –, wenn sie dann und wann nach dem Fenster emporblickte oder den würdigen spanischen Herren ihre kleine Hand zum Kusse darreichte. Aber das schrille Lachen der Kinder verletzte des Königs Ohr, der helle, mitleidlose Sonnenschein spottete über seine Trauer. Ein schwerer Duft von seltsamen Spezereien, wie sie Einbalsamierer gebrauchen, schien – oder war das nur seine Einbildung? – die klare Morgenluft zu vergiften. Er begrub sein Gesicht in den Händen. Als die Infantin wieder aufblickte, waren die Vorhänge herabgezogen und der König war verschwunden.

Sie schmollte und zog ihre Schultern. Sicherlich, an ihrem Geburtstag hätte er bei ihr bleiben können. Was lag an den dummen Staatsgeschäften? Oder war er in diese dunkle Kapelle gegangen, wo immer die Kerzen brannten und die sie niemals betreten durfte? Wie töricht von ihm, da doch die Sonne so hell schien und alle so glücklich waren! Übrigens würde ihm das Scheingefecht mit Stieren entgehen, zu dem schon die Trompete blies, um gar nichts zu sagen von der Puppenschau und den andern wundervollen Dingen. Ihr Onkel und der Großinquisitor waren viel vernünftiger. Sie waren auf die Terrasse herausgekommen und spendeten ihrer Nichte Komplimente. So warf sie denn ihren hübschen Kopf zurück, nahm Don Pedro bei der Hand und ging langsam die Stufen hinab nach einem langen Zelt von purpurner Seide, das am Ende des Gartens errichtet war, während die andern Kinder genau nach der Vornehmheit ihrer Abstammung folgten, indem die zwei, die den längsten Namen hatten, zuerst gingen.

Ein Zug von Edelknaben, die fantastisch als Stierfechter gekleidet waren, kam ihr entgegen. Der junge Herzog von Tierra Nueva, ein wundervoll hübscher Junge von vielleicht vierzehn Jahren, entblößte sein Haupt mit all der Grazie eines geborenen Hidalgo und Granden von Spanien und führte sie feierlich zu einem kleinen vergoldeten, aus Elfenbein geschnitzten Stuhl, der auf einer erhöhten Estrade über der Arena stand. Die Kinder scharten sich alle um sie herum, schwenkten ihre großen Fächer und flüsterten miteinander. Don Pedro und der

Großinquisitor standen lachend am Eingang. Selbst die Herzogin – die Oberhofmeisterin, wie sie genannt wurde –, eine hagere Frau mit abstoßenden Gesichtszügen und einer gelben Halskrause, sah nicht ganz so schlecht gelaunt aus wie sonst. Eine Art Lächeln glitt über ihr faltiges Gesicht und verzog ihre blutlosen Lippen Es war wirklich ein wunderbares Stiergefecht und viel hübscher, dachte die Infantin, als das echte Stiergefecht, das man ihr in Sevilla gezeigt hatte, als der Herzog von Parma ihren Vater besuchte. Einige von den Knaben paradierten auf Steckenpferden mit reichen Schabracken umher und schwangen lange Wurfspieße, an denen lustige Wimpel aus glänzendem Band befestigt waren. Andere gingen zu Fuß, schwenkten ihre roten Mäntel vor dem Stier und schwangen sich leicht über die Barriere, wenn er losstürmte. Was den Stier selbst anging, so war er genau wie ein lebender Stier, obgleich nur aus Flechtwerk und ausgespanntem Fell gemacht. Manchmal konnte er es nicht lassen, auf seinen Hinterfüßen um die Arena zu rennen, woran kein lebender Stier auch nur im Traum denken würde. Er kämpfte großartig. Die Kinder begeisterten sich so, dass sie auf den Bänken standen, ihre Spitzentaschentücher schwenkten und »Bravo toro! Bravo toro!« riefen, als wären sie Erwachsene. Nach einem langen Kampf, während dessen verschiedene Steckenpferde durchbohrt und ihre Reiter aus dem Sattel geworfen wurden, brachte der junge Herzog von Tierra Nueva den Stier zum Fall. Nachdem er von der Infantin die Erlaubnis erhalten hatte, ihm den Gnadenstoß zu geben, stieß er sein hölzernes Schwert dem Tier mit solcher Gewalt in den Nacken, dass der Kopf völlig abfiel. Das lachende Gesicht des kleinen Herrn von Lorraine, des Sohnes des französischen Gesandten in Madrid, zeigte sich. Unter großem Beifall wurde die Arena gesäubert. Zwei Negerpagen in gelbschwarzer Livree schleppten feierlich die toten Steckenpferde weg. Dann nach einem kurzen Zwischenspiel, in dem sich ein französischer Akrobat auf gespanntem Seil zeigte, erschienen auf der Bühne eines kleinen Theaters, das eigens zu dem Zweck errichtet war, einige italienische Marionetten in der halbklassischen Tragödie der Sophonisba. Sie spielten so gut und ihre Bewegungen waren so außerordentlich natürlich, dass beim Schluss des Stückes die Augen der Infantin ganz feucht von Tränen waren. Ja, einige Kinder weinten wirklich und mussten mit Zuckerwerk getröstet werden. Der Großinquisitor selbst war so gerührt, dass er nicht umhinkonnte, zu Don Pedro zu sagen, es schiene ihm unerträglich, dass Dinge, die einfach aus Holz und gefärbtem Wachs gemacht seien und mechanisch durch Drähte sich bewegten, dass diese so unglücklich sein sollten und solche schrecklichen Schicksalsschläge erdulden müssten.

Es folgte ein afrikanischer Gaukler, der einen großen, flachen, mit rotem Tuch bedeckten Korb hereinbrachte und ihn mitten in die Arena stellte. Er zog aus seinem Turban eine seltsame rote Pfeife hervor und blies darauf. In wenigen Augenblicken begann das Tuch sich zu bewegen. Als die Pfeife schriller und schriller tönte, steckten zwei grüngoldne Schlangen ihre seltsamen, keilförmigen Köpfe heraus und hoben sich langsam empor, indem sie sich zur Musik wie Pflanzen im Wasser hin und her bewegten. Die Kinder aber wurden etwas ängstlich über ihre gefleckten Nackenhauben und pfeilschnellen Zungen. Es gefiel ihnen viel besser, als der Gaukler aus dem Sandboden einen zierlichen Orangenbaum hervorsprießen ließ, der hübsche weiße Blüten und Büschel wirklicher Früchte trug, Als er den Fächer der kleinen Tochter des Marquis von Las Torres nahm und ihn in einen blauen Vogel verwandelte, der rings um das Zelt flog und sang, da kannte ihr Entzücken und Staunen keine Grenzen. Auch das feierliche Menuett, das von jungen Tänzern aus der Kirche Nuestra Señora del Pilar getanzt wurde, war reizend. Die Infantin hatte noch nie diese wundervolle Zeremonie gesehen, die jedes Jahr um die Maienzeit vor dem Hochaltar der Jungfrau zu deren Ehre veranstaltet wird. Es war ja auch kein Mitglied der königlichen Familie von Spanien jemals mehr in die große Kathedrale von Saragossa gegangen, seit ein wahnsinniger Priester – viele nahmen an, er habe im Solde der Elisabeth von England gestanden – versucht hatte, dem Prinzen von Asturien eine vergiftete Hostie zu reichen. So kannte sie nur vom Hörensagen den Tanz unserer lieben Frau, wie man ihn nannte. Er bot wirklich einen schönen Anblick. Die Knaben trugen altmodische Hofkleidung von weißem Samt, ihre merkwürdigen dreieckigen Hüte waren mit silbernen Fransen bedeckt und von großen Straußenfedern überragt. Das blendende Weiß ihrer Kostüme wurde, wenn sie sich im Sonnenschein bewegten, durch ihre dunkle Gesichtsfarbe und das lange schwarze Haar betont. Alle waren bezaubert von der ernsten Würde, mit der sie die verwickelten Tanzfiguren durchschritten, und von der vollendeten Anmut ihrer ruhigen Gesten und vornehmen Verneigungen. Als sie ihre Vorstellung beendet hatten und vor der Infantin ihre großen Federhüte abnahmen, da nahm sie ihre Ehrerweisung mit vielem Wohlgefallen auf und machte ein Gelübde, dem Altar unserer lieben Frau von Pilar eine große Wachskerze zu senden als Dank für das Vergnügen, das sie ihr gegeben hatte.

Eine Truppe hübscher Ägypter – wie man damals die Zigeuner

nannte – betraten dann die Arena, setzten sich mit verschränkten Beinen im Kreise hin und begannen sanft auf ihren Zithern zu spielen, indem sie zu dem Klang ihre Körper bewegten und fast stimmlos eine leise, träumerische Melodie summten. Als sie Don Pedro sahen, warfen sie ihm finstere Blicke zu. Einige von ihnen machten ein erschrockenes Gesicht, denn erst vor wenigen Wochen hatte er zwei von ihrem Stamm auf dem Marktplatz von Sevilla wegen Zauberei aufhängen lassen. Aber die schöne Infantin beruhigte sie, wie sie zurückgelehnt dasaß und mit ihren großen blauen Augen über ihren Fächer blickte. Sie hatten das sichere Gefühl, wer so lieblich war wie sie, der konnte nie gegen jemand grausam sein. So spielten sie denn ganz sanft weiter, indem sie mit ihren langen spitzen Nägeln kaum die Saiten der Zithern berührten. Ihre Köpfe begannen zu nicken, als ob sie einschlafen wollten. Plötzlich, mit einem Schrei, der so schrill war, dass alle Kinder auffuhren und Don Pedros Hand den achatnen Knauf seines Dolches umfasste, sprangen sie auf ihre Füße und rasten in einem tollen Wirbel um die Einfriedigung, wobei sie ihre Tamburine schlugen und in ihrer seltsamen Kehlsprache ein wildes Liebeslied sangen. Dann, auf ein anderes Signal, warfen sie sich alle wieder zu Boden und lagen da ganz still, und das gedämpfte Klimpern der Zithern war der einzige Laut, der das Schweigen unterbrach. Nachdem sie dies ein paar Mal wiederholt hatten, verschwanden sie einen Augenblick, und als sie wiederkamen, führten sie einen braunen, zottigen Bären an einer Kette und trugen auf ihren Schultern einige kleine Affen aus der

Berberei. Der Bär stellte sich mit der höchsten Würde auf den Kopf, und die runzligen Äffchen spielten alle Arten von spaßhaften Streichen mit zwei Zigeunerknaben, die ihre Herren zu sein schienen. Sie kämpften mit winzigen Schwertern, feuerten Gewehre ab und führten ein richtiges Exerzieren vor, gerade so, wie es des Königs eigene Leibgarde tat. Jedenfalls hatten die Zigeuner einen großen Erfolg.

Aber der lustigste Teil von der ganzen Morgenvorführung war zweifellos das Tanzen des kleinen Zwerges. Als er, auf seinen krummen Beinen watschelnd, in die Arena stolperte und mit seinem ungestalteten, riesigen Kopf hin und her wackelte, da brachen die Kinder in ein lautes Lachen des Entzückens aus, und die Infantin selbst lachte so sehr, dass die Hofmeisterin sie daran erinnern musste, dass zwar schon oft eine spanische Königstochter vor ihresgleichen geweint, sich aber noch nie eine Prinzessin von königlichem Blut in Gegenwart von unter ihr Stehenden so lustig gemacht habe. Der Zwerg war aber wirklich ganz unwiderstehlich, und selbst am spanischen Hof, der doch immer wegen seiner ausgeprägten Leidenschaft für das Schreckliche bekannt gewesen ist, war noch nie ein so fantastisches kleines Ungetüm gesehen worden. Es war übrigens sein erstes Auftreten. Erst den Tag vorher hatten zwei von den Edelleuten, die zufällig in einem entlegenen Teil des die Stadt umgebenden Korkeichenwaldes jagten, ihn entdeckt und als Überraschung für die Infantin mit nach dem Palast genommen. Sein Vater, ein armer Köhler, schien nur zu erfreut zu sein, ein so hässliches und nutzloses Kind loszuwerden. Vielleicht das lustigste an ihm war, dass er sich seiner eigenen grotesken Erscheinung gar nicht bewusst war. Er schien sogar ganz glücklich und sehr aufgeräumt zu sein. Wenn die Kinder lachten, lachte er so frei und fröhlich wie nur eins von ihnen, und nach jedem Tanz machte er ihnen die komischsten Verbeugungen. Er lächelte und nickte ihnen zu, ganz als ob er wirklich zu ihnen gehörte und nicht das kleine missgestaltete Ding sei, das die Natur in einer humoristischen Laune geschaffen hatte, damit andere darüber spotten sollten. Was die Infantin anging, so bezauberte sie ihn ganz und gar. Er konnte seine Augen nicht von ihr abwenden und schien nur für sie allein zu tanzen. Beim Schluss der Vorführung erinnerte sie sich, wie die großen Damen des Hofes dem berühmten italienischen Sopran Caffarelli, den der Papst eigens aus seiner Kapelle nach Madrid gesandt hatte, damit er durch den süßen Klang seiner Stimme den König von seiner Melancholie heile, Buketts zugeworfen hatten, und sie nahm die schöne, weiße Rose aus ihrem Haar, und halb zum Spaß, halb um die Hofmeisterin zu ärgern, warf sie sie mit ihrem süßesten Lächeln in die Arena. Er aber nahm die ganze Sache völlig ernst. Er drückte die Blume an seine groben, dicken Lippen, er legte die Hand auf sein Herz und sank auf ein Knie vor ihr, wobei er von einem Ohr zum andern grinste und seine kleinen, glänzenden Augen vor Vergnügen blitzten.

Dies brachte den Ernst der Infantin so aus der Fassung, dass sie noch lange weiterlachte, als der Zwerg schon aus der Arena gelaufen war, und dass sie ihrem Onkel den Wunsch ausdrückte, der Tanz möchte sofort noch einmal wiederholt werden. Die Hofmeisterin bestimmte aber unter dem Vorwand, die Sonne sei zu heiß, dass Ihre Hoheit ohne Verzug zum Palast zurückkehren sollte. Hier war schon ein wundervolles Festmahl für sie hergerichtet mit einem wirklichen Geburtstagskuchen, auf dem ihre eigenen Initialen in Zuckerguss standen und eine liebliche, silberne Flagge wehte. Die Infantin erhob sich daher mit großer Würde, und nachdem sie befohlen hatte, dass der kleine Zwerg nach der Siestastunde vor ihr noch einmal tanzen sollte, und dem jungen Herzog von Tierra Nueva ihren Dank für seinen reizenden Empfang abgestattet hatte, kehrte sie in ihre Gemächer zurück, wobei die Kinder ihr in derselben Reihenfolge folgten wie vorher.

Der kleine Zwerg aber, als er hörte, dass er noch einmal und auf ihren besonderen Befehl vor der Infantin tanzen sollte, war so stolz, dass er in den Garten hinauslief und die weiße Rose in einem lächerlichen Überschwang von Freuden küsste, wobei er mit ganz groben und plumpen Bewegungen seinem Entzücken Ausdruck gab.

Die Blumen aber wurden ganz

unwillig, weil er es wagte, ihr schönes Reich zu betreten, und als sie sahen, wie er die Wege hinauf- und hinabhüpfte und auf so lächerliche Art seine Arme über seinem Kopf schwang, konnten sie ihre Gefühle nicht länger zurückhalten.

»Er ist wirklich viel zu hässlich, als dass man ihm erlauben dürfte, auf einem Platz zu spielen, wo wir sind«, riefen die Tulpen.

»Er sollte Mohnsaft trinken und auf tausend Jahre schlafen gehen«, sagten die großen roten Lilien, und sie kochten förmlich vor Wut.

»Er ist einfach ein Gräuel!«, schrie der Kaktus. »Er ist überhaupt verwachsen und plump, und sein Kopf steht in gar keinem Verhältnis zu seinen Beinen. Es prickelt mich über und über, wenn ich an ihn denke, und wenn er mir zu nahe kommt, werde ich ihn mit meinen Stacheln stechen.«

»Und er besitzt wahrhaftig eine meiner besten Blumen«, rief der weiße Rosenstrauch aus. »Ich gab sie heute früh der Infantin als Geburtstagsgeschenk, und er hat sie ihr gestohlen.« Und er rief: »Dieb, Dieb, Dieb!« so laut er konnte.

Selbst die roten Geranien, die sonst kein stolzes Gebühren zeigten, da sie wussten, dass sie selbst eine ganze Menge armer Verwandten hatten, drehten sich verächtlich empor, wie sie ihn sahen. Als die Veilchen bescheiden bemerkten, er sei zwar sehr unansehnlich, aber er könne das doch nicht ändern, da entgegneten sie mit Recht, das wäre gerade sein Hauptfehler, und es läge kein Grund vor, jemand zu bewundern, nur weil er unheilbar sei. Auch einige Veilchen spürten, dass die Hässlichkeit des kleinen Zwerges etwas direkt Prahlerisches an sich habe und dass er einen besseren Geschmack zeigen würde, wenn er sich darüber grämte oder wenn er wenigstens nachdächte, statt lustig umherzuspringen und sich in grotesken und verrückten Gebärden zu zeigen.

Was nun die alte Sonnenuhr anging, die eine sehr vornehme Persönlichkeit war und einst keinem Geringeren als dem Kaiser Karl V. die Zeit angesagt hatte, so war sie über das Erscheinen des Zwerges so entsetzt, dass sie fast vergaß, zwei volle Minuten mit ihrem langen Schattenfinger anzuzeigen. Sie konnte auch nicht umhin, zu dem großen, milchweißen Pfauhahn, der sich auf der Balustrade sonnte, zu sagen, jeder wüsste, dass Königskinder Könige und Köhlerskinder Köhler seien und dass es lächerlich sei, wenn man das bestreiten wolle. Der Pfauhahn stimmte dieser Bemerkung zu und schrie sein »Gewiss, gewiss« in einer so lauten und schrillen Stimme, dass die Goldfische, die in dem Bassin unter dem kühlenden Springbrunnen lebten, ihre Köpfe aus dem Wasser steckten und die riesigen steinernen Tritonen fragten, was in aller Welt denn los sei.

Aber die Vögel liebten ihn irgendwie. Sie hatten ihn oft im Wald gesehen, wo er wie ein Kobold den wirbelnden Blättern nachsprang oder in der Höhlung eines alten Eichbaums emporkletterte und seine Nüsse mit dem Eichhörnchen teilte. Sie machten sich nichts daraus, dass er hässlich war. Ja, sogar die Nachtigall, die des Nachts so schön in den Orangenhainen sang, dass sich sogar der Mond manchmal hinablehnte, um zu lauschen, ließ sich herbei, nach ihm zu sehen. Er war ja auch zu ihnen allen gütig gewesen. In jenem schrecklichen Winter, als es keine Beeren auf den Bäumen gab, als der Boden hart wie Eisen war und die Wölfe bis vor die Stadttore kamen, um nach Futter zu suchen, da hatte er sie nicht ein einziges Mal vergessen und ihnen immer Krümel von seinem kleinen Stück Schwarzbrot gegeben und jedes Frühstück mit ihnen geteilt.

So flogen sie immer um ihn herum, indem sie ihn jedes Mal leise mit den Flügeln streiften und miteinander zwitscherten. Der kleine Zwerg aber war so vergnügt, dass er ihnen die schöne weiße Rose zeigen musste und ihnen erzählte, die Infantin selbst habe sie ihm gegeben, weil sie ihn liebte. Sie verstanden nicht ein einziges Wort von dem, was er sagte, aber das machte nichts aus, denn sie legten ihre Köpfchen auf die Seite und machten kluge Augen, was gerade so gut ist, wie etwas verstehen, nur viel leichter.

Die Eidechsen entwickelten auch große Zuneigung. Als er müde wurde, umherzurennen, und sich zum Ausruhen auf das Gras hinwarf, da spielten und tollten sie über ihn weg und versuchten, ihn so gut sie es nur konnten, zu unterhalten. »Jeder kann nun einmal nicht so schön sein wie eine Eidechse«, riefen sie; »das wäre zu viel verlangt. Und obgleich das lächerlich klingt, in Wirklichkeit ist er gar nicht so hässlich, wenn man seine Augen schließt und nicht nach ihm hinschaut.« Die Eidechsen waren von Natur sehr philosophisch und saßen öfters Stunden und Stunden nachdenklich beieinander, wenn es sonst nichts zu tun gab oder wenn ihnen das Wetter zu regnerisch zum Ausgehen war.

Die Blumen aber ärgerten sich sehr über ihr Benehmen und über das Benehmen der Vögel. »Es zeigt nur«, sagten sie, »wie gewöhnlich man von dem unaufhörlichen Umherrennen und Fliegen wird. Gesittete Leute bleiben immer auf demselben Fleck stehen, wie wir es tun. Noch nie sah uns jemand die Wege hinauf- und hinabhüpfen oder wild durch das Gras schießen nach Libellen. Wenn wir einen Luftwechsel brauchen, schicken wir nach dem Gärtner, und er trägt uns in ein anderes Bett. Dies ist würdevoll und gehört sich auch so. Aber Vögel und Eidechsen haben keinen Sinn für Ruhe, und Vögel haben sogar nicht einmal eine dauernde

Adresse. Sie sind einfach Vagabunden wie die Zigeuner und sollten genau so behandelt werden.« So steckten sie also ihre Nasen in die Luft, sahen sehr hochmütig drein und waren hocherfreut, als sie nach einiger Zeit sahen, wie sich der kleine Zwerg aus dem Gras aufrappelte und über die Terrasse nach dem Palast ging.

»Man sollte ihn wirklich für den Rest seines natürlichen Lebens hinter Schloss und Riegel halten«, sagten sie. »Sieh nur seinen Buckel und seine krummen Beine«, und sie begannen zu kichern.

Aber der kleine Zwerg wusste nichts von dem allen. Er liebte die Vögel und die Eidechsen unendlich und hielt die Blumen für die wundervollsten Dinge in der Welt, ausgenommen natürlich die Infantin, aber die hatte ihm auch die schöne weiße Rose gegeben, und sie liebte ihn, das machte einen großen Unterschied. Wie sehr wünschte er, dass er mit ihr gegangen wäre! Sie hätte ihn an der rechten Hand gefasst und ihn angelächelt. Er hätte sie gar nicht mehr verlassen, sondern wäre ihr Spielgefährte geworden, der ihr alle Arten von entzückenden

Kunststücken gezeigt hätte. Denn obgleich er nie vorher in einem Palast gewesen war, so kannte er doch eine Menge wundervoller Dinge. Er konnte aus Binsen kleine Käfige machen, in denen die Heuschrecken sangen, und aus dem langgliedrigen Bambusrohr Pfeifen, wie sie Pan so gerne hörte. Er kannte jeden Vogelruf und konnte die Stare von den Baumwipfeln locken und den Reiher aus dem Sumpf. Er kannte die Fährte jedes Tieres und konnte den Hasen an seinen zierlichen Fußstapfen aufspüren und den Eber an dem zerstampften Laub.

Alle Tänze der Natur kannte er, den wilden Tanz im roten Gewand des Herbstes, den lichten Tanz auf blauen Sandalen über die Kornfelder, den Tanz mit weißen Schneewirbeln im Winter und den Blütentanz durch die Gärten im Frühling. Er wusste, wo die Holztauben ihre Nester bauen, und einst, als ein Vogelsteller ein Pärchen in einer Schlinge gefangen, hatte er die Jungen selbst aufgezogen und ihnen einen kleinen Taubenschlag in der Spalte einer gekappten Ulme erbaut. Sie waren ganz zahm, und er pflegte sie jeden Morgen aus der Hand zu füttern. Sie würde sie gern haben, ebenso wie die Kaninchen, die in dem hohen Farnkraut herumjagten, wie die Eichelhäher mit den stahlblauen Federn und den schwarzen Schnäbeln, wie die Igel, die sich in stachlige Kugeln zusammenrollen konnten, und die großen klugen Schildkröten, die langsam umherkrochen, mit den Köpfen schüttelten und das junge Laub benagten. Ja, sie musste bestimmt in den Wald kommen und mit ihm spielen. Er würde ihr sein eigenes kleines Bett geben und würde draußen vor dem Fenster bis zum Morgen Wache halten, damit das wilde Hornvieh ihr nichts täte noch die hungrigen Wölfe zu nahe an die Hütte kröchen. Des Morgens wollte er an die Fensterläden klopfen und sie aufwecken, damit sie ausgehen und den ganzen Tag miteinander tanzen würden. Es war wirklich kein bisschen einsam in dem Wald. Manchmal ritt ein Bischof hindurch auf seinem weißen Maultier und las aus einem bemalten Buch. Manchmal kamen in grünen Samtmützen und Jacken aus gegerbter Hirschhaut die Falkeniere vorbei mit Falken in Kappen auf ihren Handgelenken. Zur

Weinlese kamen die Traubenhändler mit purpurnen Händen und Füßen, bekränzt mit glänzendem Efeu, und trugen tropfende Schläuche voll Wein. Die Köhler saßen bei Nacht rund um ihre riesigen Kohlenmeiler und beobachteten die trocknen Holzblöcke, die langsam im Feuer verkohlten. Sie rösteten Kastanien in der Asche. Die Räuber kamen aus ihren Verstecken und machten sich lustig. Einst hatte er auch eine schöne Prozession gesehen, die sich die lange staubige Straße nach Toledo hinaufwand. Voran gingen die Mönche mit süßen

Gesängen und trugen glänzende Banner und goldene Kreuze, dann folgten die Soldaten in silbernen Harnischen mit Musketen und Spießen. In ihrer Mitte gingen drei barfüßige Männer in seltsamen Gewändern, die über und über mit wundervollen Gestalten bemalt waren. Sie hielten brennende Kerzen in ihren Händen. Sicherlich gab es sehr viel zu sehen im Wald, und wenn sie müde war, dann würde er eine weiche Moosbank für sie finden oder sie in seinen Armen tragen, denn er war sehr stark, obgleich er wusste, dass er nicht groß war. Und aus roten Moosbeeren würde er ihr ein Halsband machen, das ganz so hübsch sein würde wie die weißen Beeren, die sie auf ihrem Kleid trug. Und wenn sie sie nicht mehr mochte, dann konnte sie sie fortwerfen und andere für sie finden. Er würde ihr Eicheln bringen und taugetränkte Anemonen und winzige Glühwürmchen als Sterne in dem blassen Gold ihres Haares.

Aber wo war sie? Er fragte die weiße Rose und sie gab ihm keine Antwort. Der ganze Palast schien zu schlafen. Selbst wo die Läden nicht geschlossen waren, hatte man schwere Vorhänge über die Fenster gezogen, um die Sonnenglut abzuhalten. Er wanderte ringsherum, einen Eingang zu finden, und sah plötzlich eine kleine Nebentüre, die offen stand. Er schlich hinein und befand sich in einem prächtigen Saal, der leider viel prächtiger war als der Wald. Überall war viel mehr Vergoldung, selbst der Boden war von großen farbigen Steinen gemacht, die irgendein geometrisches Muster darstellten. Aber die kleine Infantin war nicht da, nur einige wundervolle weiße Statuen schauten von ihren Jaspispostamenten auf ihn herab mit traurigen, leeren Augen und seltsam lächelnden Lippen.

Am Ende des Saales hing ein reich bestickter Vorhang von schwarzem Samt, übersät mit Sonnen und Sternen, den bevorzugten Devisen des Königs, und aus seiner Lieblingsfarbe aufgestickt. Vielleicht war sie dahinter versteckt? Er wollte auf alle Fälle nachsehen.

Langsam stahl er sich heran und zog ihn zur Seite. Nein, da war nur ein anderes Zimmer, und zwar ein hübscheres, wie ihn dünkte, als das, das er gerade verlassen hatte. Die Wände waren mit figurengeschmückten grünen Arrastapeten behängt, nadelgestickten Gobelins, die eine Jagd darstellten, einem Werk flämischer Künstler, die mehr als sieben Jahre an ihrer Fertigstellung gearbeitet hatten. Es war einst das Zimmer von Jean le Fou, wie man ihn nannte, gewesen – jenem verrückten König, der so versessen auf die Jagd war, dass er oft in seinem Wahn versucht hatte, die riesigen, sich aufbäumenden Pferde zu besteigen und den Edelhirsch niederzureißen, nach dem die großen Hetzhunde sprangen. Er stieß dabei in sein Jagdhorn und schlug mit seinem Schwert nach dem bleichen, fliehenden Wild. Jetzt wurde es als Ratszimmer benutzt. Auf dem Tisch lagen die roten Mappen der Minister mit den eingepressten goldenen Tulpen Spaniens und mit den Waffen und Emblemen des Hauses Habsburg.

Der kleine Zwerg sah sich erstaunt überall um und fürchtete sich fast, weiterzugehen. Die seltsamen stummen Reiter, die so geschwind durch die weiten Lichtungen galoppierten, ohne irgendein Geräusch zu machen, erschienen ihm wie diese schrecklichen

Gespenster, von denen er die Köhler hatte sprechen hören – die Comprachos –, die nur bei Nacht reiten, und wenn sie einen Menschen treffen, ihn in eine Hirschkuh verwandeln und jagen. Aber er dachte an die hübsche Infantin und fasste Mut. Er wünschte, sie allein zu treffen, um ihr zu sagen, dass auch er sie liebe. Vielleicht war sie in dem nächsten Zimmer.

Er lief über die weichen maurischen Teppiche und öffnete die Tür. Nein! Sie war auch hier nicht. Das Zimmer war ganz leer. Es war ein Thronsaal, der zum Empfang fremder Gesandter diente, wenn der König, was in der letzten Zeit nicht häufig vorgekommen war, zustimmte, ihnen eine Privataudienz zu gewähren. Es war derselbe Saal, in dem viele Jahre früher Gesandte aus England erschienen waren, um ein Übereinkommen zu treffen für die Heirat ihrer Königin, die damals noch zu den katholischen Herrschern Europas gehörte, mit dem ältesten Sohn des Kaisers. Die Wandbekleidung war aus vergoldetem Korduanleder. Ein schwerer, vergoldeter Kronleuchter mit Armen für dreihundert Wachskerzen hing von der schwarzweißen Decke herab. Unter einem Baldachin von goldgewirktem Stoff, auf den die Löwen und Türme von Kastilien in Staubperlen gestickt waren, stand der Thron, bedeckt mit einer schweren Decke von schwarzem Samt, besät mit silbernen Tulpen und kunstvoll in Silber und Perlen eingefasst. Auf der zweiten Stufe des Thrones war der Kniestuhl der Infantin mit seinem Kissen aus silberbesticktem Stoff hingestellt. Darunter stand außerhalb des Bereichs des Baldachins der Sessel für den päpstlichen Nuntius, der allein das Recht hatte, bei Gelegenheit eines öffentlichen Empfangs in Gegenwart des Königs zu sitzen. Sein Kardinalshut mit seinen gedrehten roten Troddeln lag davor auf einem purpurnen Taburett. Dem Thron gegenüber hing an der Wand ein lebensgroßes Bildnis Karls V. im Jagdgewand mit einer großen Bulldogge zur Seite, und ein Bildnis Philipps II., wie er die Huldigung der Niederlande entgegennahm, bedeckte die Mitte der anderen Wand. Zwischen den Fenstern stand ein Schrank von schwarzem Ebenholz mit eingelegten Elfenbeinplatten, auf denen die Figuren aus Holbeins »Totentanz« – wie einige sagten, von des berühmten Meisters eigener Hand – eingraviert waren.

Aber der kleine Zwerg machte sich nichts aus all dieser Pracht. Er würde für alle Perlen auf dem Baldachin nicht seine Rose hergegeben haben, noch ein weißes Blütenblatt seiner Rose für den Thron selbst. Er wollte nur die Prinzessin sehen, bevor sie zum Zelt hinabging, und sie bitten, mit ihm zu kommen, wenn er seinen Tanz beendet hatte. Hier im Palast war die Luft dumpf und schwer, aber im Wald blies der freie Wind, und das Sonnenlicht mit seinen wandernden goldnen Händen bewegte das Laub zur Seite. Dort waren auch Blumen im Walde, vielleicht nicht so vornehme wie im Garten, aber dafür süßer: Hyazinthen im Frühlingsanfang, die mit wehendem Purpur durch die kühlen Schluchten und über die grasigen Hügel fluteten; gelbe Primeln, die in kleinen Gruppen rund um die zernagten Wurzeln der Eichbäume wuchsen; glänzendes Schöllkraut, blauer Ehrenpreis und lilagoldne Schwertlilien. Da waren graue Kätzchen an den Haselsträuchern, und der rote Fingerhut senkte sich unter dem

Gewicht seiner gesprenkelten, bienenbeladenen Glöckchen. Die Kastanie hatte ihre Sprossen von weißen Sternen und der Weißdorn seine bleichen Blütenmonde. Ja, sie würde gewiss mit ihm kommen, wenn er sie nur finden könnte! Sie würde mit ihm in den schönen Wald kommen, und den ganzen Tag über würde er zu ihrer Lust tanzen. Ein Lächeln erstrahlte bei dem Gedanken in seinen Augen, und er ging weiter in den nächsten Saal.

Von allen Sälen war dieser der strahlendste und schönste. Die Wände waren mit rotblumigem

Lucca-Damast bedeckt, der ein Vogelmuster trug und mit zierlichen silbernen Blüten betupft war. Die massivsilberne Ausstattung zeigte Verzierung von reichem Blumengewinde, in dem Cupidos schaukelten. Vor den zwei breiten Kaminen standen große Ofenschirme, die mit Papageien und Pfauen bestickt waren. Der Boden von seegrünem Onyx schien sich weit in die Ferne zu erstrecken. Auch war der Zwerg nicht allein. Wie er unter dem Schatten des Türeingangs stand, sah er am äußersten Ende des Saales eine kleine Figur, die ihn beobachtete. Sein Herz zitterte, ein Freudenschrei kam über seine Lippen, und er trat in das Sonnenlicht hinaus. In dem gleichen Augenblick trat auch die Figur hervor, und er sah sie deutlich.

Die Infantin? Nein, es war ein Ungetüm, das abscheulichste Ungetüm, das er je gesehen hatte. Nicht hübsch gebaut, wie alle andern Leute waren, sondern verwachsen und krummbeinig mit einem riesigen, wackelnden Kopf und einer Mähne von schwarzem Haar. Der kleine Zwerg runzelte die Stirn, und das Ungetüm tat das auch. Er lachte. Und es lachte mit ihm, hielt seine Hände gegen die Hüften, gerade wie er es tat. Er machte eine spöttische Verbeugung und empfing eine tiefe Reverenz. Er ging darauf zu und es kam ihm entgegen, indem es jeden Schritt nachahmte, den er machte, und anhielt, wenn er selbst anhielt. Er schrie vor Vergnügen und lief vorwärts. Er streckte seine Hand aus und die Hand des Ungetüms berührte seine, und sie war so kalt wie Eis. Er fürchtete sich und bewegte seine Hand zur Seite, aber die Hand des Ungetüms folgte dem schnell. Er versuchte, es zurückzudrücken, aber etwas Glattes und Hartes hielt ihn fest. Das Gesicht des Ungetüms befand sich jetzt dicht bei dem seinen und schien voller Angst zu sein. Er wischte sich das Haar aus dem Gesicht, es tat dasselbe. Er schlug nach ihm hin, und es gab ihm Schlag auf Schlag zurück. Er zeigte ihm seinen Ekel und es schnitt ihm widerliche Gesichter. Er wich zurück und es ging ebenfalls von ihm weg.

Was war das? Er dachte einen Augenblick nach und sah sich in dem übrigen Saale um. Es war seltsam, aber alles schien hinter dieser unsichtbaren Wand von klarem Wasser seine Wiederholung zu haben. Ja, Bild für Bild und Täfelung für Täfelung wiederholte sich. Der schlafende Faun, der in der Nische neben dem Türeingang lag, hatte seinen schlummernden Zwillingsbruder, und die silberne Venus, die im Sonnenlicht stand, streckte ihre Arme einer Venus entgegen, die ebenso lieblich war wie sie selbst.

War es das Echo? Er hatte es einst im Tale gerufen, und es hatte ihm Wort für Wort zurückgegeben. Konnte es auch das Auge verspotten, wie es die Stimme verspottete? Konnte es eine Scheinwelt schaffen gerade so wie die wirkliche Welt? Konnten die Schatten der Dinge Farbe, Leben und Bewegung haben? Konnte es sein, dass …?

Er zuckte zusammen und nahm von seiner Brust die schöne weiße Rose. Er drehte sie um und küsste sie. Das Ungetüm hatte auch eine Rose, und es war Blatt für Blatt dieselbe! Es küsste sie mit denselben Küssen und presste sie mit schrecklichen Gebärden an sein Herz.

Als ihm die Wahrheit dämmerte, stieß er einen wilden Verzweiflungsschrei aus und fiel stöhnend zu Boden. Dann war er selbst also missgestaltet und verwachsen, widerlich anzusehen und fratzenhaft. Er selbst war das Ungetüm, und über ihn hatten alle Kinder gelacht. Und die kleine Prinzessin, von der er glaubte, sie liebte ihn – auch sie hatte nur über seine Hässlichkeit gespottet und sich über seine verkrümmten Glieder lustig gemacht. Warum hatte man ihn nicht im Walde gelassen, wo es keinen Spiegel gab, der ihm erzählte, wie hässlich er war? Warum hatte ihn sein Vater nicht getötet, ehe er ihn seiner Schande auslieferte? Die heißen Tränen rannen ihm über die Wangen, und er riss die weiße Rose in Stücke. Das daliegende Ungetüm tat dasselbe und streute die zarten Blumenblätter in die Luft. Er kroch auf dem Boden herum, und als er es anblickte, beobachtete es ihn mit einem schmerzverzerrten Gesicht. Er kroch hinweg, um es nicht mehr zu sehen, und bedeckte seine Augen mit seinen Händen. Wie ein verwundetes Tier schleppte er sich in den Schatten und lag dort stöhnend.

In diesem Augenblick kam die Infantin mit ihren Begleitern

durch die offene Fenstertüre, und als sie sahen, wie der kleine Zwerg am Boden lag und mit geballten Fäusten und in höchst fantastischer und übertriebener Weise um sich schlug, da brachen sie alle in lautes Jubelgeschrei aus und standen um ihn herum und betrachteten ihn.

»Sein Tanz war komisch«, sagte die Infantin; »aber sein Spiel ist noch komischer. Er ist wirklich fast so gut wie die Puppen, nur macht er es nicht ganz so natürlich.« Und sie schwang ihren großen Fächer und applaudierte.

Aber der kleine Zwerg blickte

niemals auf, sein Seufzen wurde schwächer und schwächer, und plötzlich machte er einen seltsamen Atemzug und griff sich in die Seite. Und dann fiel er wieder zurück und lag ganz still.

»Das ist großartig«, sagte die Infantin nach einer Pause; »aber jetzt musst du für mich tanzen.«

»Ja«, riefen alle Kinder, »du musst aufstehen und tanzen, denn du bist so gewandt wie die Affen aus der Berberei und viel komischer.«

Aber der kleine Zwerg gab keine Antwort.

Da stampfte die Infantin mit

ihrem Fuß und rief nach ihrem Onkel, der mit dem Kämmerer über die Terrasse ging und einige Depeschen las, die gerade von Mexiko kamen, wo jüngst die Inquisition eingeführt worden war. »Mein komischer kleiner Zwerg ist träge«, rief sie, »du musst ihn aufwecken und ihm sagen, dass er für mich tanzt.«

Sie lächelten einander zu und schlenderten hinein, und Don Pedro bückte sich und schlug den Zwerg mit seinem gestickten Handschuh auf die Wange. »Du musst tanzen, kleines Monstrum«, sagte er. »Du musst tanzen. Die

Infantin von Spanien und Indien will unterhalten sein.«

Aber der kleine Zwerg machte keine Bewegung.

»Ein Prügelknecht sollte geholt werden«, sagte Don Pedro erzürnt und ging wieder auf die Terrasse. Aber der Kämmerer machte ein ernstes Gesicht. Er kniete neben dem kleinen Zwerg nieder und legte ihm die Hand auf das Herz. Nach einigen Sekunden zuckte er mit den Achseln und erhob sich. Er machte eine tiefe Verbeugung vor der Infantin und sagte: »Mi bella Princesa, Ihr drolliger kleiner Zwerg wird nie wieder tanzen. Es ist schade, denn er ist so hässlich, dass er vielleicht den König zum Lächeln gebracht hätte.«

»Aber warum wird er nicht wieder tanzen?«, fragte die Infantin lachend.

»Weil ihm das Herz gebrochen ist«, antwortete der Kämmerer. Da machte die Infantin ein finsteres Gesicht. Ihre zierlichen Rosenlippen zogen sich zu einem reizenden Schmollen zusammen. »In Zukunft sollen die, die mit mir spielen, keine Herzen haben«, rief sie und lief hinaus in den Garten.

Der Fischer und seine Seele

Jeden Abend fuhr der junge Fischer auf die See hinaus und warf seine Netze ins Wasser. Wenn der Wind vom Lande her wehte, fing er nichts oder so gut wie nichts, denn es war ein rauer Wind, der auf schwarzen Schwingen kam und wilde Wellen aufwühlte. Aber wenn der Wind auf die Küste zu wehte, dann stiegen die Fische aus der Tiefe empor und schwammen in die Maschen seiner Netze. Er brachte sie zum Markt und verkaufte sie.

Jeden Abend fuhr er hinaus auf die See. Eines Abends war das Netz so schwer, dass er es kaum in das Boot ziehen konnte. Da lachte er und sprach: »Sicher habe ich alle Fische weit und breit gefangen oder es ist mir ein plumpes Seeungeheuer ins Garn gegangen, über das die Leute staunen werden, oder auch irgendein Gräuel, den sich die große Königin kommen lässt.« Indem er seine ganze

Kraft anstrengte, zog er an den dicken Stricken, bis die langen Adern auf seinen Armen wie Linien von blauer Glasur um eine Bronzeurne hervortraten. Er zog an den dünnen Stricken. Der Kreis von flachen Korken kam näher und näher, und schließlich erhob sich das Netz an die Oberfläche des Wassers. Doch es befand sich überhaupt kein Fisch darin, auch kein Ungetüm, sondern nur eine kleine Seejungfrau, die tief und fest schlief.

Ihr Haar war wie ein feuchtes goldnes Vlies und jedes einzelne Haar wie ein Faden reinen Goldes in einem Becher von Glas. Ihr Leib war wie weißes Elfenbein und ihr Fischschwanz von Silber und Perlen. Grünes Seeschilf umschlang ihn. Wie Seemuscheln waren ihre Ohren, und ihre Lippen wie Seekorallen. Die kühlen Wellen schlugen über ihre kühlen Brüste und das Salz glitzerte auf ihren Augenlidern.

So schön war sie, dass der junge Fischer von Staunen erfüllt wurde, als er sie sah. Er streckte seine Hand aus, zog das Netz dicht an sich heran. Er beugte sich über den Bootsrand und umfasste sie mit seinen Armen. Aber als er sie berührte, stieß sie einen Schrei aus wie eine aufgeschreckte Seemöwe. Sie erwachte, sah ihn mit ihren erschreckten rötlich violetten Augen an und versuchte zu entkommen. Aber er hielt sie fest an sich gedrückt und ließ sie nicht los. Als sie sah, dass sie auf keine Weise von ihm loskommen konnte, begann sie zu weinen und sprach: »Ich bitte dich, lass mich gehen, denn ich bin die einzige Tochter eines Königs, und mein Vater ist alt und allein.«

Aber der junge Fischer antwortete: »Ich werde dich nur gehen lassen, wenn du mir ein Versprechen gibst. Immer wenn ich dich rufe, musst du kommen und vor mir singen. Denn die Fische lieben es, dem Gesang des Meervolks zu lauschen, und so werden meine Netze immer voll sein.«

»Willst du mich auch ganz gewiss gehen lassen, wenn ich dir dies verspreche?«, fragte die Seejungfrau.

»Ganz gewiss will ich dich gehen lassen«, sagte der junge Fischer.

Da gab sie ihm denn das gewünschte Versprechen und beschwor es mit dem Eid des Seevolks. Er gab sie frei und sie sank ins Wasser hinab, zitternd in einer seltsamen Furcht.

Jeden Abend fuhr der Fischer hinaus auf die See. Er rief die Seejungfrau und sie tauchte aus dem Wasser auf und sang vor ihm. Rund um sie herum schwammen die Delphine und die wilden Möwen schwebten um ihren Kopf.

Sie sang ein wunderbares Lied. Denn sie sang vom Seevolk, das seine Herden von Höhle zu Höhle treibt und die kleinen Kälbchen auf den Schultern trägt; von den Tritonen, die lange grüne Bärte und haarige Brüste haben und auf gedrehten Muscheln blasen, wenn der König vorbeikommt; vom Palast des Königs, der ganz aus Meerschaum gemacht ist und ein Dach von klarem Smaragd und einen Fußboden aus glänzenden Perlen hat; und von den Seegärten, wo die großen Filigranwedel der Koralle den ganzen Tag sich bewegen und die Fische wie silberne Vögel hindurchschnellen; wo die Meeranemonen sich an die Felsen klammern und die Ellritzen aus dem gewellten gelben Sand auftauchen.

Sie sang von den großen Walfischen, die von der Nordsee herabkommen und scharfe Eiszapfen an ihren Flossen hängen haben; von den Sirenen, die so wundervolle Dinge erzählen, dass die Kaufleute sich die Ohren mit Wachs verstopfen müssen, um sie nicht zu hören, da sie sonst ins Wasser springen und ertrinken; von versunkenen Galeeren mit hohen Masten, auf denen erfrorene Seeleute sich in der Takelung festhalten und Makrelen die offenen Pfortenlöcher hinein- und hinausschwimmen; von den kleinen Entenmuscheln, die so weit reisen, da sie sich an den Schiffskielen festhalten und so rings um die Welt kommen; und von den

Tintenfischen, die an den Seiten der Klippen leben und ihre langen schwarzen Arme ausstrecken und die um sich Nacht machen können, wenn sie wollen. Sie sang vom Nautilus, der sein eigenes Boot hat, das aus einem Opal geschnitten ist und mit einem seidenen Segel gesteuert wird; von den glücklichen Seemenschen, die auf Harfen spielen und den großen Kraken in Schlaf lullen können; von ihren kleinen Kindern, die die glatten Meerschweine zu fassen wissen und lachend auf ihren Rücken reiten; von den Seejungfrauen, die im weißen Schaum liegen und ihre Arme nach den Seeleuten ausstrecken; und von den Seelöwen mit ihren gebogenen Hauern und den Seepferden mit ihren wallenden Mähnen.

Wenn sie so sang, kamen alle Thunfische aus der Tiefe, um ihr zu lauschen. Der junge Fischer warf sein Netz nach ihnen aus, während sie sang. Andere erlegte er mit einem Speer. Wenn sein Boot voll beladen war, dann lächelte die Seejungfrau ihm zu und versank in die Tiefe. Aber niemals kam sie ihm so nahe, dass er sie berühren konnte. Oft rief er ihr zu und bat sie darum, aber sie wollte es nicht. Wenn er sie zu fassen suchte, dann tauchte sie ins Wasser wie ein Seehund, und an diesem Tage sah er sie nicht wieder. Aber mit jedem Tag wurde der Klang ihrer Stimme süßer in seinen Ohren. So süß, dass er seine Netze und seine Geschicklichkeit vergaß und sein Gewerbe vergaß. Mit tiefroten Flossen und Augen wie Goldbuckeln kamen die Thunfische in Herden vorbei, aber er sah nicht nach ihnen. Sein Speer lag unbenutzt neben ihm, seine Körbe aus geflochtenen Weiden waren leer. Mit offenen Lippen und vor Staunen matten

Augen saß er müßig in seinem Boot und lauschte und lauschte, bis die Seenebel um ihn herumkrochen und der wandernde Mond seine braune Gestalt mit Silber übergoss.

Eines Abends aber rief er sie an und sprach: »Kleine Seejungfrau, kleine Seejungfrau, ich liebe dich. Nimm mich als Bräutigam, denn ich liebe dich.«

Da schüttelte die Seejungfrau ihren Kopf. »Du hast eine menschliche Seele«, antwortete sie. »Nur wenn du deine Seele fortschicken wolltest, könnte ich dich lieben.«

Der junge Fischer sprach zu sich selbst: »Was habe ich von meiner Seele? Ich kann sie nicht sehen, ich kann sie nicht fühlen, ich kenne sie nicht. Gewiss werde ich sie von mir fortschicken und großes Glück dafür gewinnen.« Ein Freudenschrei brach von seinen Lippen. Er stellte sich aufrecht in seinem bemalten Boote hin und streckte seine Arme nach der Seejungfrau aus. »Ich werde meine Seele fortschicken«, rief er. »Du wirst meine Braut, und ich werde dein Bräutigam sein. In der Tiefe des Meeres wollen wir zusammen wohnen, und alles, was du mir vorgesungen hast, sollst du mir zeigen, und alles, was du wünschest, will ich tun, denn unser beider Leben soll eins sein.«

Da lachte die kleine Seejungfrau vor Freude und barg ihr Gesicht in ihren Händen.

»Aber wie soll ich meine Seele fortsenden?«, fragte der junge Fischer. »Sage mir, wie ich es tun kann, und ich werde es sicherlich tun.«

»Ach, ich weiß es nicht«, sagte die Seejungfrau. »Wir Seemenschen haben keine Seele.« Und sie ließ sich in die Tiefe sinken, wobei sie ihn sehnsüchtig ansah.

Aber am nächsten Morgen ganz früh, bevor die Sonne eine Spanne breit über dem Hügel stand, ging der junge Fischer zu dem Hause des Priesters und klopfte dreimal an die Türe. Der Novize schaute durch das Pförtchen, und als er sah, wer es war, schob er den Riegel zurück und sagte zu ihm: »Tritt ein.« Da ging der junge Fischer hinein, kniete auf den süßduftenden Binsen des Bodens nieder, wandte sich an den Priester, der in der Bibel las, und sprach zu ihm: »Vater, ich liebe eine aus dem Seevolk, und meine Seele hindert mich, mein

Verlangen zu erfüllen. Sage mir, wie ich meine Seele von mir fortsenden kann, denn wahrhaftig, ich brauche sie nicht. Zu was ist mir meine Seele nütze? Ich kann sie nicht sehen, ich kann sie nicht fühlen, ich kenne sie nicht.«

Aber der Priester schlug sich an die Brust und antwortete: »Wehe, wehe! Du bist wahnsinnig, oder du hast ein vergiftetes Kraut gegessen, denn die Seele ist das edelste am Menschen, sie ist uns von Gott gegeben, damit wir von ihr einen edlen Gebrauch machen sollen. Es gibt nichts Kostbareres als eine menschliche Seele, und nichts Irdisches kann mit ihr verglichen werden. Sie ist alles Gold wert, das es auf der Welt gibt, und kostbarer als die Rubinen der Könige. Darum, mein Sohn, denke nicht wieder an diese Sache, denn sie ist eine Sünde, die nicht vergeben wird. Und was die vom Seevolk angeht, sie sind verloren, und wer sich mit ihnen abgibt, ist auch verloren. Sie sind wie die Tiere des Feldes, sie wissen nicht, was gut oder böse ist, und für sie ist der Heiland nicht gestorben.«

Des jungen Fischers Augen füllten sich mit Tränen, als er die strengen Worte des Priesters hörte. Er erhob sich von den Knien und sprach zu ihm: »Vater, die Faune leben im Wald und sind glücklich. Die Seemenschen sitzen auf den Klippen mit ihren Harfen von rotem Gold. Ich flehe dich an, lass mich sein, wie sie sind, denn ihre Tage sind wie die Tage der Blumen. Und meine Seele – was nützt mir meine Seele, wenn sie zwischen mir und der, die ich liebe, steht?« »Die Liebe des Leibes ist gemein«, rief der Priester und runzelte die Stirne, »und gemein und böse sind die heidnischen Dinge, denen Gott erlaubt, über Seine Welt zu wandern. Verflucht seien die Faune des Waldes, und verflucht seien die Sänger der See! Ich habe sie bei der Nachtzeit gehört, und sie versuchten, mich in meinem Beten zu stören. Sie klopfen ans Fenster und lachen. Sie flüstern mir ins Ohr die Mär von ihren gefährlichen Freuden. Sie haben mich mit Versuchungen gequält, und wenn ich beten wollte, dann schnitten sie mir Gesichter. Sie sind verloren, sage ich dir, sie sind verloren. Für sie gibt es weder Himmel noch Hölle, und weder hier noch dort werden sie Gottes Namen preisen.«

»Vater«, schrie der junge Fischer, »du weißt nicht, was du sagst. Einst fing ich in meinem Netz die Tochter eines Königs. Sie ist schöner als der Morgenstern und weißer als der Mond. Für ihren Leib würde ich meine Seele geben, und für ihre Liebe auf den Himmel verzichten. Sage mir, was ich von dir verlangt habe, und lass mich in Frieden gehen.« »Hinweg! Hinweg!«, schrie der Priester. »Deine Buhle ist verloren, und du wirst mit ihr verloren sein.« Und er gab ihm keinen Segen, sondern trieb ihn von seiner Tür.

Der junge Fischer ging hinab

auf den Marktplatz. Er schritt langsam und mit geneigtem Haupt, wie einer, der in Kummer ist. Als ihn die Kaufleute sahen, begannen sie zu tuscheln. Einer von ihnen trat auf ihn zu, nannte ihn beim Namen und fragte ihn: »Was hast du zu verkaufen?« »Ich will dir meine Seele verkaufen«, antwortete er. »Ich bitte dich, kaufe sie mir ab, denn ich bin ihrer müde. Was nützt mir meine Seele? Ich kann sie nicht sehen, ich kann sie nicht fühlen, ich kenne sie nicht.«

Die Kaufleute verspotteten ihn und sprachen: »Was nützt uns eines Menschen Seele? Sie ist keine beschnittene Silbermünze wert. Verkaufe uns deinen Leib als Sklaven, und wir werden dich in Purpur kleiden. Wir werden dir einen Ring an den Finger stecken und dich zum Liebling der großen Königin machen. Aber sprich nichts von der Seele, denn die gilt uns nichts und hat keinen Wert in unserm Geschäft.«

Da sagte der junge Fischer zu sich selbst: »Wie seltsam ist das doch! Der Priester sagt mir, die Seele sei alles Gold in der Welt wert, und die Kaufleute sagen, sie sei keine beschnittene Silbermünze wert.« Er verließ den Markt, ging hinab an das Seeufer und begann darüber nachzudenken, was er tun sollte. Gegen Mittag fiel ihm ein, wie einer seiner Genossen, ein Meerdillsammler, ihm von einer jungen Hexe erzählt hatte, die oberhalb der Bucht in einer Höhle wohnte und sehr geschickt im Zaubern war. Er machte sich auf und rannte, so begierig war er, seine Seele loszuwerden. Eine Staubwolke folgte ihm, als er durch den Ufersand lief. Aus den Linien ihrer Hand wusste die junge Hexe von seinem Kommen. Sie lachte und löste ihr rotes Haar.

In ihr rotes Haar eingehüllt stand sie am Eingang der Höhle, und in ihrer Hand hielt sie einen Zweig von wildem Schierling, der blühte. »Was willst du? Was willst du?«, rief sie, als er atemlos die Stufen heraufkam und sich vor ihr verneigte. »Fische für dein Netz, wenn der Wind widrig ist? Ich habe eine kleine Rohrpfeife, und wenn ich daraus blase, dann kommen die Seebarben in die Bucht geschwommen. Aber sie hat einen Preis, schöner Knabe, sie hat einen Preis. Was willst du? Einen Sturm, der die Schiffe zerschlägt und Kisten mit reichen Schätzen an das

Ufer spült? Ich habe mehr Stürme, als der Wind sie hat, denn ich diene einem, der stärker ist als der Wind, und mit einem Sieb und einem Eimer Wasser kann ich die großen Schiffe auf den Boden des Meeres versenken. Aber ich habe einen Preis, schöner Knabe, ich habe einen Preis. Was willst du? Was willst du? Ich weiß eine Blume, die im Tal wächst, niemand kennt sie, außer mir. Sie hat eine rote Blüte mit einem Stern mitten darin, und ihr Saft ist wie weiße Milch. Wenn du mit dieser Blume die harten Lippen der Königin berührtest, sie würde dir folgen über die ganze Erde. Aus dem Bett des Königs würde sie sich erheben und dir über die ganze Erde folgen. Doch sie hat einen Preis, schöner Knabe, sie hat einen Preis. Was willst du? Was willst du? Ich kann eine Kröte in einem Mörser zerstampfen, einen Brei daraus machen und den Brei mit der Hand eines Toten umrühren. Spritze davon auf deinen Feind, wenn er schläft, und er wird sich in eine schwarze Natter verwandeln, und seine eigene Mutter wird ihn erschlagen. Mit einem Rade kann ich den Mond vom Himmel herabziehen und in einem Kristall kann ich dir den Tod zeigen. Was willst du? Was willst du? Nenne mir deinen Wunsch, und ich will ihn dir erfüllen. Aber du wirst mir einen Preis zahlen, schöner Knabe, du wirst mir einen Preis zahlen.«

»Mein Wunsch geht nur nach einem kleinen Ding«, sagte der junge Fischer, »doch war der Priester zornig auf mich und hat mich fortgejagt. Obgleich es nur ein kleines Ding ist, haben die Kaufleute mich verspottet und es mir abgeschlagen. Deshalb komme ich zu dir, wenn auch die Menschen dich böse nennen, und was auch der Preis ist, ich werde ihn zahlen.«

»Was möchtest du denn?«, fragte die Hexe und trat dicht an ihn heran.

»Ich möchte meine Seele von mir fortsenden«, antwortete der junge Fischer.

Die Hexe erbleichte und schauderte und verbarg ihr Gesicht in ihrem blauen Mantel. »Schöner Knabe, schöner Knabe«, murmelte sie, »du verlangst etwas Schreckliches.«

Er schüttelte seine braunen Locken und lachte. »Meine Seele ist mir nichts«, antwortete er. »Ich kann sie nicht sehen, ich kann sie nicht fühlen, ich kenne sie nicht.«

»Was willst du mir geben, wenn ich es dir sage?«, fragte die Hexe und blickte mit ihren schönen Augen auf ihn hinab. »Fünf Goldstücke«, sagte er, »und meine Netze und das Rutenhaus, in dem ich lebe, und das bemalte Boot, auf dem ich segle. Nur sage mir, wie ich meine Seele loswerden kann, dann sollst du alles haben, was ich besitze.«

Sie lachte ihn spöttisch an und schlug ihn mit dem Schierlingszweig. »Ich kann die Herbstblätter in Gold verwandeln«, antwortete sie, »und die bleichen Mondstrahlen kann ich zu Silber verweben, wenn ich will. Er, dem ich diene, ist reicher als alle Könige der Welt und besitzt ihre Lande.«

»Was soll ich dir denn geben«, rief er, »wenn der Preis weder Gold noch Silber ist?«

Die Hexe glättete mit ihrer dünnen, weißen Hand ihr Haar. »Du musst mit mir tanzen, schöner Knabe«, murmelte sie und lächelte ihn an, während sie sprach.

»Sonst nichts?«, rief der junge Fischer erstaunt, und er sprang auf die Füße.

»Sonst nichts«, antwortete sie

und lächelte ihn wieder an. »Dann wollen wir bei Sonnenuntergang an einer abgelegenen Stelle tanzen«, sagte er, »und wenn wir getanzt haben, dann sollst du mir sagen, was ich zu wissen wünsche.«

Sie schüttelte den Kopf. »Wenn der Mond voll ist, wenn der Mond voll ist«, murmelte sie. Dann spähte sie ringsumher und lauschte. Ein blauer Vogel erhob sich kreischend aus seinem Nest und kreiste über den Dünen, und drei gefleckte Vögel raschelten durch das dicke, graue Gras und pfiffen sich zu. Es war kein anderer Laut zu hören als das Knirschen einer Welle, die unten die glatten Kiesel zerrieb. Da streckte sie ihre Hand aus, zog ihn nahe an sich heran und legte ihre trockenen Lippen dicht an sein Ohr.

»Heute Abend musst du auf die Spitze des Berges kommen«, flüsterte sie. »Es ist Sabbat, und Er wird auch da sein.«

Der junge Fischer schrak zurück und blickte sie an. Sie aber zeigte ihre weißen Zähne und lachte. »Wer ist Er, von dem du sprichst?«, fragte er.

»Das ist gleichgültig«, antwortete sie. »Geh du heute Abend und stelle dich unter die Zweige der Hainbuche. Dort warte auf mein Kommen. Wenn ein schwarzer Hund auf dich zuläuft, dann schlage ihn mit einer Weidengerte und er wird davonlaufen. Wenn eine Eule dir zuruft, gib keine Antwort. Sobald der Mond voll ist, werde ich bei dir sein, und wir wollen zusammen auf dem Grase tanzen.«

»Aber schwörst du mir auch zu, dass du mir erzählst, wie ich meine Seele von mir fortsenden kann?«, fragte er.

Sie trat hinaus in das Sonnenlicht, und durch ihr rotes Haar wehte der Wind. »Ich schwöre es bei den Hufen des Ziegenbocks«, gab sie zur Antwort.

»Du bist die beste von allen Hexen«, rief der junge Fischer, »und ich will sicher heute Abend auf dem Berggipfel mit dir tanzen. Ich möchte zwar, du hättest Gold oder Silber verlangt. Aber so wie dein Preis ist, sollst du ihn haben, denn er ist nur eine geringe Sache.« Und er zog seine Mütze vor ihr ab, neigte tief seinen Kopf und lief, von großer Freude erfüllt, nach der Stadt.

Die Hexe aber sah ihm nach, wie er ging, und als er aus ihrem

Blick verschwunden war, kehrte sie in ihre Höhle zurück. Sie nahm einen Spiegel aus einem Kasten von geschnitztem Zedernholz, setzte ihn auf ein Gestell, verbrannte davor auf angezündeter Holzkohle Eisenkraut und schaute durch die Rauchwirbel. Und nach einer Weile ballte sie zornig ihre Hände. »Er hätte mein sein sollen«, murmelte sie, »ich bin so schön wie sie.«

Am Abend, als der Mond aufgegangen war, kletterte der junge Fischer auf den Gipfel des Berges und stand unter den Zweigen der Hainbuche. Wie ein Schild von blankem Metall lag die runde See zu seinen Füßen, und die Schatten der Fischerboote bewegten sich durch die kleine Bucht. Eine große Eule mit schwefelgelben Augen rief ihn beim Namen, aber er gab keine Antwort. Ein schwarzer Hund rannte auf ihn zu und knurrte. Er schlug ihn mit einer Weidengerte, bis er winselnd davonrannte.

Um Mitternacht kamen die Hexen wie Fledermäuse durch die Luft geflogen. »Oho!«, riefen sie, als sie sich auf den Boden niederließen, »da ist einer, den wir nicht kennen!« Und sie schnüffelten herum, tuschelten miteinander und winkten sich zu. Als letzte kam die junge Hexe, und ihr rotes Haar flatterte im Winde. Sie trug ein Kleid aus Goldgewebe, das mit Pfauenaugen bestickt war, und eine kleine Mütze aus grünem Samt hatte sie auf ihrem Kopf. »Woher kommt er, woher kommt er?«, kreischten die Hexen, als sie sie sahen, aber sie lachte nur. Sie lief nach der Hainbuche, führte den Fischer an der Hand in den Mondschein und begann zu tanzen.

Rundherum im Kreise wirbelten sie, und die junge Hexe sprang so hoch, dass er die roten Absätze ihrer Schuhe sehen konnte. Dann kam mitten durch ihr Tanzen das Geräusch eines galoppierenden Pferdes, aber kein Pferd war zu sehen, und er fürchtete sich.

»Schneller«, schrie die Hexe, und sie schlang ihre Arme um seinen Hals, und ihr Atem wehte heiß gegen sein Gesicht. »Schneller, schneller«, schrie sie, und die Erde schien unter seinen Füßen zu verschwimmen. Sein Kopf verwirrte sich, und eine große Angst überkam ihn, als ob irgendein böses Wesen ihn beobachtete. Schließlich bemerkte er, dass im

Schatten eines Felsens eine Figur stand, die vorher nicht da gewesen war.

Es war ein Mann, der mit einem schwarzsamtenen Anzug in spanischer Tracht bekleidet war. Sein Gesicht war merkwürdig bleich, aber seine Lippen glichen einer stolzen, roten Blüte. Er hatte einen müden Blick und lehnte sich zurück, indem er gleichgültig mit dem Knauf seines Dolches spielte. Neben ihm auf dem Gras lagen ein Federhut und ein Paar Reithandschuhe, deren Stulpen mit goldenen Schnüren besetzt und mit feinen Perlen besät waren, die seltsame Figuren bildeten. Ein kurzer, schwarz gefütterter Mantel hing von seiner Schulter, und seine zarten, weißen Hände waren mit Ringen geschmückt. Schwere Lider fielen über seine Augen. Der junge Fischer starrte ihn wie von einem Zauber gebannt an. Schließlich trafen sich ihre Augen, und es schien ihm, wo er auch tanzte, als ob die Augen des Mannes auf ihm ruhten. Er hörte die Hexe lachen, fasste sie um den Leib und wirbelte sie wie toll immer aufs Neue herum.

Plötzlich bellte ein Hund im Gehölz, und die Tanzenden brachen ab. Paarweise gingen sie hinauf, knieten nieder und küssten die Hand des Mannes. Während sie so taten, streifte ein leichtes Lächeln seine stolzen Lippen, wie der Flügel eines Vogels das Wasser streift und es lachen macht. Aber es lag Verachtung darin. Und er ließ keinen Blick von dem jungen Fischer.

»Komm, lass uns anbeten«, flüsterte die Hexe und führte ihn hinauf, und ein großes Verlangen, ihrem Geheiß zu folgen, ergriff ihn, so dass er mit ihr ging. Aber als er dicht herankam, da schlug er, ohne zu wissen, warum, ein

Kreuzzeichen auf der Brust und rief den Namen Gottes an.

Kaum hatte er das getan, da schrien die Hexen wie Habichte auf und flogen davon, und das bleiche Antlitz, das ihn angestarrt hatte, zuckte krampfhaft vor Schmerz. Der Mann ging zu dem kleinen Gehölz hinüber und pfiff. Ein spanisches Pferd mit silbernem Geschirr kam auf ihn zugelaufen. Als er in den Sattel sprang, wandte er sich um und blickte den jungen Fischer traurig an.

Die junge Hexe aber mit dem roten Haar versuchte ebenfalls davonzufliegen. Doch der Fischer ergriff sie am Handgelenk und hielt sie fest.

»Gib mich frei«, rief sie, »und lass mich gehen. Denn du hast den Namen genannt, der nicht genannt werden durfte, und das Zeichen gemacht, das man nicht ansehen darf.«

»Nein«, antwortete er, »ich werde dich nicht gehen lassen, bis du mir das Geheimnis gesagt hast.«

»Welches Geheimnis?«, fragte die Hexe, die an ihm zerrte wie eine wilde Katze und sich auf die schaumbedeckten Lippen biss.

»Du weißt es«, gab er zur Antwort.

Ihre grasgrünen Augen wurden trüb vor Tränen, und sie sagte zu dem Fischer: »Verlange alles, nur das nicht!«

Er lachte und hielt sie umso fester. Als sie nun sah, dass sie sich nicht freimachen konnte, flüsterte sie ihm zu: »Ich bin sicher so schön wie die Töchter der See und so lieblich wie die, die in den blauen Wassern wohnen.« Sie schmiegte sich an ihn an und legte ihr Gesicht dicht an das seine. Aber er stieß sie grimmig zurück und sprach: »Wenn du das Versprechen nicht hältst, das du mir gegeben hast, werde ich dich als eine falsche Hexe erschlagen.«

Sie wurde aschgrau wie eine Blüte am Baume des Judas und schauderte. »So sei es«, flüsterte sie. »Es ist deine Seele und nicht die meine. Tue mit ihr, wie du willst.« Und sie nahm aus ihrem Gürtel ein kleines Messer, das einen Griff aus grüner Vipernhaut hatte, und gab es ihm.

»Wozu soll es mir dienen?«, fragte er erstaunt.

Sie schwieg eine Weile und ein Blick des Schreckens kam über ihr Gesicht. Dann strich sie sich das

Haar aus der Stirne und sagte zu ihm mit seltsamem Lächeln: »Was die Menschen den Schatten des Körpers nennen, ist nicht der Schatten des Körpers, sondern der Körper der Seele. Stelle dich an das Meeresufer mit dem Rücken nach dem Mond und schneide rund um deine Füße deinen Schatten ab, der der Körper deiner Seele ist. Dann bitte deine Seele, dich zu verlassen, sie wird es tun.«

Der junge Fischer zitterte: »Ist das wahr?«, murmelte er. »Es ist wahr, und ich wollte, ich hätte es dir nicht gesagt«, rief sie und umschlang weinend seine Knie.

Er machte sich von ihr los und ließ sie in dem hohen Gras stehen. Dann ging er an den Abhang des Berges, steckte das Messer in seinen Gurt und begann hinabzuklettern. Und seine Seele, die in ihm war, rief zu ihm auf und sprach: »Siehe, ich bin all diese Jahre mit dir vereint gewesen und habe dir gedient. Schicke mich jetzt nicht fort von dir, denn was habe ich dir Böses getan?«

Da lachte der junge Fischer. »Du hast mir nichts Böses getan, aber ich brauche dich nicht«, antwortete er. »Die Welt ist weit, und es gibt außerdem noch Himmel und Hölle und das trübe Reich des Zwielichts, das dazwischen liegt. Geh, wohin du willst, nur störe mich nicht, denn meine Liebste ruft nach mir.«

Seine Seele bat ihn flehentlich, aber er hörte nicht auf sie, sondern sprang leichtfüßig wie eine wilde Ziege von Klippe zu Klippe, bis er zuletzt den ebenen Boden und die gelbe Meeresküste erreichte. Mit bronzefarbenen Gliedern, gebaut wie eine griechische Statue, stand er im Sande mit dem Rücken gegen den Mond. Aus dem Schaum kamen weiße Arme, die ihm winkten, aus den Wellen tauchten verschwommene Gestalten, die sich verneigten. Vor ihm lag sein Schatten, der der Körper seiner Seele war, und hinter ihm hing der Mond in der honigfarbenen Luft.

Da sprach seine Seele zu ihm: »Wenn du mich wirklich von dir vertreiben musst, sende mich nicht fort ohne ein Herz. Die Welt ist grausam, gib mir dein Herz, ich werde es mitnehmen.«

Er warf seinen Kopf empor und lächelte. »Womit soll ich meine Liebste lieben, wenn ich dir mein Herz gebe?«, rief er. »Ach, habe Erbarmen«, sagte seine Seele.

»Gib mir dein Herz, denn die Welt ist so grausam, und ich fürchte mich.« »Mein Herz gehört meiner Liebsten«, antwortete er. »Darum zaudre nicht länger, sondern geh deiner Wege.«

»Bedarf ich denn nicht auch der Liebe?«, fragte seine Seele. »Geh deiner Wege, denn ich brauche dich nicht«, schrie der junge Fischer. Und er nahm das kleine Messer mit dem Griff von grüner Vipernhaut und schnitt den Schatten rund um seine Füße ab. Da erhob sich der Schatten, stand vor ihm und sah ihn an, und er war ganz wie er selbst. Der Fischer trat zurück, steckte das Messer in seinen Gurt, und ein Gefühl von Grauen überkam ihn. »Geh deiner Wege«, murmelte er, »und lass mich dein Antlitz nie wieder sehen.« »Nein, wir werden uns wieder sehen«, sagte die Seele. Ihre Stimme war leise und flötengleich, und ihre Lippen bewegten sich kaum, während sie sprach.

»Wie sollen wir uns sehen?«, fragte der junge Fischer. »Du willst mir doch nicht in die Tiefen des Meeres folgen?«

»Einmal jedes Jahr werde ich an diese Stelle kommen und nach dir rufen«, sagte die Seele. »Vielleicht wirst du mich nötig haben.«

»Warum sollte ich dich nötig haben?«, rief der junge Fischer, »aber mach, wie du willst.« Er tauchte ins Wasser, die Tritonen bliesen auf ihren Hörnern, und die kleine Seejungfrau stieg empor und schwamm ihm entgegen. Sie legte ihre Arme um seinen Nacken und küsste ihn auf den Mund. Aber die Seele stand an der einsamen Küste und sah ihnen zu. Und als sie in der See versunken waren, ging sie weinend über das Marschland davon.

Als ein Jahr vorüber war, kam

die Seele hinab an das Ufer des Meeres und rief nach dem jungen Fischer. Und er tauchte aus der Tiefe empor und fragte: »Warum rufst du nach mir?« Da antwortete die Seele: »Komm näher, damit ich mit dir sprechen kann, denn ich habe wunderbare Dinge gesehen.« Da kam er näher, setzte sich in das seichte Wasser hin und lehnte seinen Kopf auf die Hand, um zu lauschen.

Die Seele sprach zu ihm: »Als ich dich verließ, wandte ich mich nach Osten und wanderte. Aus dem Osten kommt alle Weisheit. Sechs Tage wanderte ich, und am

Morgen des siebenten Tages kam ich zu einem Hügel, der im Lande der Tataren liegt. Ich setzte mich in den Schatten eines Tamarisken-baumes, um mich vor der Sonne zu schützen. Das Land war trocken und von der Hitze verbrannt. Die Menschen gingen und kamen über die Ebene, wie Fliegen, die auf einer Scheibe von blankem Kupfer kriechen. Gegen Mittag erhob sich eine Wolke roten Staubes am flachen Horizont. Als die Tataren sie sahen, spannten sie ihre bemalten Bogen, sprangen auf ihre kleinen Pferde und ritten ihr entgegen. Die Frauen flohen schreiend nach den Karren und verbargen sich hinter den Fellvorhängen.

In der Dämmerung kehrten die Tataren zurück, aber fünf von ihnen fehlten, und von denen, die zurückkamen, waren nicht wenige verwundet. Sie schirrten ihre Pferde an die Wagen und zogen hastig weiter. Drei Schakale kamen aus einer Höhle und schauten ihnen nach. Dann schnupperten sie mit ihren Nüstern in der Luft und trabten nach der entgegengesetzten Richtung fort. Als der Mond aufging, sah ich ein Lagerfeuer in der Ebene brennen und ging darauf zu. Eine Gesellschaft von Kaufleuten saß ringsherum auf Teppichen. Ihre Kamele waren hinter ihnen angepflockt, und die Schwarzen, die ihre Diener waren, spannten Zelte aus gegerbten Fellen auf dem Sande aus und errichteten eine hohe Mauer aus stachligem Birnenholz. Als ich mich ihnen näherte, erhob sich der Anführer der Kaufleute, zog sein Schwert und fragte mich, wer ich sei. Ich antwortete, ich sei ein Fürst in meiner Heimat und den Tataren entflohen, die versucht hätten, mich zu ihrem Sklaven zu machen. Der Anführer lächelte und zeigte mir fünf Köpfe, die auf langen Bambusstäben aufgespießt waren. Dann fragte er mich, wer der Prophet Gottes sei, und ich antwortete: Mohammed. Als er den Namen des falschen Propheten hörte, verneigte er sich, nahm mich bei der Hand und ließ mich neben ihm Platz nehmen. Ein Neger brachte mir Pferdemilch in einer hölzernen Schale und ein Stück gerösteten Lammfleischs.

Bei Tagesanbruch machten wir uns auf die Reise. Ich ritt auf einem rothaarigen Kamel neben dem Anführer, und ein Läufer rannte vor uns her mit einem

Speer. Bewaffnete waren zu beiden Seiten, und die Maultiere folgten mit den Waren. Es gab vierzig Kamele in der Karawane und die Maultiere zählten zweimal vierzig Stück. Wir zogen aus dem Lande der Tataren in ein Land, wo man dem Monde fluchte. Wir sahen die Greife auf den weißen Felsen ihr Gold bewachen und die geschuppten Drachen in ihren Höhlen schlafen. Als wir über die Berge stiegen, hielten wir den Atem an, damit die Schneemassen nicht auf uns herabfielen. Jeder Mann band einen Gazeschleier vor seine Augen. Als wir durch die Täler kamen, schossen die Pygmäen aus hohlen Bäumen mit Pfeilen nach uns, und in der Nacht hörten wir die Wilden auf ihre Trommeln schlagen. Als wir an die Affenburg kamen, stellten wir Früchte für sie hin, und sie taten uns nichts zuleide. Als wir an die Burg der Schlangen kamen, gaben wir ihnen Milch in bronzenen Schalen, und sie ließen uns weiterziehen. Dreimal auf unserer Reise kamen wir an die Ufer des Drus. Auf Holzstößen mit großen Luftschläuchen setzten wir über ihn weg. Die Flusspferde schwammen wütend gegen uns an und suchten uns zu töten. Als die Kamele sie sahen, zitterten sie.

Die Könige jeder Stadt erhoben Zölle von uns, ließen uns aber nicht in ihre Tore eintreten. Sie warfen uns Brot über die Mauern, kleine, in Honig gebackene Maiskuchen und Gebäck aus feinem Mehl, das mit Datteln gefüllt war. Für hundert Körbe gaben wir ihnen eine Bernsteinperle.

Wenn die Bewohner der Dörfer uns kommen sahen, vergifteten sie die Brunnen und flohen auf die Berghöhen. Wir kämpften mit den Magadaen, die alt geboren und von Jahr zu Jahr jünger werden, bis sie als kleine Kinder sterben; und mit den Laktroien, die sich für Söhne der Tiger ausgeben und sich gelb und schwarz bemalen; und mit den Auranten, die ihre Toten in den Wipfeln der Bäume bestatten, die aber selbst in dunklen Höhlen leben, damit die Sonne, die ihr Gott ist, sie nicht erschlage; und mit den Krimniern, die ein Krokodil anbeten, ihm Ohrringe von grünem Glas geben und es mit Butter und jungem Geflügel ernähren; und mit den Agazonben, die Hundsgesichter tragen; und mit den Sibanen, die Pferdehufe haben und schneller laufen als die Pferde. Ein Drittel von unserer Gesellschaft fiel im Kampf, ein Drittel starb an Hunger und Durst. Die andern murrten gegen mich und sagten, ich hätte ihnen Unglück gebracht. Da zog ich eine Hornviper unter einem Stein hervor und ließ sie mich stechen. Als sie sahen, dass ich davon nicht hinsiechte, fürchteten sie sich.

Im vierten Monat erreichten wir die Stadt Illel. Es war nachts, als wir in das Gehölz kamen, das vor den Mauern liegt. Die Luft war schwül, denn der Mond stand im Skorpion. Wir nahmen die reifen Granatäpfel von den Bäumen, brachen sie auf und tranken ihren süßen Saft. Dann legten wir uns auf unsere Teppiche und warteten auf die Morgendämmerung. Bei Tagesanbruch erhoben wir uns und klopften an das Tor der Stadt. Es war aus roter Bronze gemacht und mit Seeungeheuern und geflügelten Drachen verziert. Die Wachen blickten von den Zinnen herab und fragten, was wir wollten. Der Dolmetscher der Karawane antwortete, wir kämen mit vielen Waren von der Insel Syrien. Sie ließen sich Geiseln geben und sagten uns, sie würden das Tor um

Mittag öffnen, bis dahin möchten wir warten.

Gegen Mittag öffneten sie das Tor. Als wir eintraten, kamen die Bewohner in Scharen aus den Häusern, um uns zu sehen. Ein Ausrufer ging durch die ganze Stadt und blies auf einer Muschel. Wir standen auf dem Markt, die Neger banden die Ballen mit gemusterten Stoffen auf und öffneten die geschnitzten Kästen aus Maulbeerholz. Als sie damit fertig waren, stellten die Kaufleute ihre kostbaren Waren aus, das Wachsleinen aus Ägypten und das gefärbte Leinen aus dem Lande der

Äthiopier; die Purpurschwämme aus Tyrus und die blauen Vorhänge aus Sidon, die Becher aus kühlem Bernstein und die feinen Glasgefäße und die seltsamen Gefäße aus gebranntem Ton. Von dem Dach eines Hauses beobachtete uns ein Kreis von Frauen. Eine von ihnen trug eine Maske von vergoldetem Leder.

Und am ersten Tag kamen die Priester und trieben Tauschhandel mit uns, am zweiten Tag kamen die Edelleute, und am dritten Tag kamen die Handwerker und die Sklaven. So machen sie es mit allen Kaufleuten, solange sie in der

Stadt verweilen. Wir blieben einen Monat. Als der Neumond kam, wurde ich müde und wanderte durch die Straßen der Stadt und kam zum Garten ihres Gottes. Die Priester in ihren gelben Gewändern gingen schweigend zwischen den grünen Bäumen dahin, und auf einem schwarzen Marmorboden stand dass rosenrote Haus, in dem der Gott wohnte. Seine Türen waren von feingemustertem Lackwerk, darauf waren Stiere und Pfauen in erhabenem, poliertem Gold gemalt. Das geziegelte Dach war von meergrünem Porzellan und die vorspringenden Dachtraufen mit kleinen Glöckchen behangen. Wenn die weißen Tauben daran vorbeiflogen, berührten sie die Glöckchen mit ihren Schwingen und brachten sie zum Klingeln.

Vor dem Tempel war ein Teich von klarem Wasser, der mit geädertem Onyx ausgelegt war. Ich legte mich neben ihn hin, und mit meinen bleichen Fingern berührte ich die breiten Blätter. Einer von den Priestern kam auf mich zu und stand hinter mir. Er trug Sandalen an den Füßen, eine aus geschmeidiger Schlangenhaut, die andere aus Vogelfedern. Auf seinem Kopf war eine spitze Mütze aus schwarzem Fell, die mit silbernen Monden geschmückt war. Siebenerlei Gelb war in sein Gewand verwoben, und sein gekräuseltes Haar war mit Antimon gefärbt. Nach einer kurzen Weile sprach er mich an und fragte mich nach meinem Wunsch. Ich antwortete, mein Wunsch sei, den Gott zu sehen. ›Der Gott ist auf der Jagd‹, sagte der Priester, indem er mich mit seinen kleinen, geschlitzten Augen seltsam ansah. ›Sage mir, in welchem Wald, und ich werde mit ihm reiten‹, antwortete ich.

Er strich die weichen Fransen seiner Tunika mit seinen langen, spitzen Nägeln. ›Der Gott schläft‹, murmelte er.

›Sage mir, auf welchem Lager, und ich werde bei ihm wachen‹, antwortete ich.

›Der Gott ist beim Gastmahl‹, rief er.

›Wenn der Wein süß ist, werde ich ihn mit ihm trinken, und wenn er herb ist, werde ich ihn auch mit ihm trinken‹, war meine Antwort.

Er verneigte staunend sein Haupt, nahm mich bei der Hand und hob mich empor. Dann führte er mich in den Tempel. Im ersten Gemach sah ich ein Götzenbild auf einem Jaspisthrone sitzen, der mit großen, orientalischen Perlen eingefasst war. Es war aus Ebenholz geschnitzt, und seine Größe war die Größe eines Mannes. Auf seiner Stirne saß ein Rubin, und aus seinem Haar tropfte dickes Öl auf seine Schenkel. Seine Füße waren rot von dem Blute eines frisch getöteten Böckchens, und seine Lenden umspannte ein kupferner Gürtel, der sieben Berylle trug.

Ich sagte zum Priester: ›Ist dies der Gott?‹ Und er antwortete mir: ›Dies ist der Gott.‹

›Zeige mir den Gott‹, rief ich, ›oder ich werde dich sicherlich töten.‹ Und ich berührte seine Hand, und sie verdorrte. Da flehte mich der Priester an und sprach: ›Möge mein Herr seinen Diener heilen, und ich werde ihm den Gott zeigen.‹ Da hauchte ich mit meinem Atem auf seine Hand und sie wurde wieder heil. Er aber zitterte und führte mich in ein zweites Gemach, und ich sah ein Götzenbild auf einer Lotusblume aus Nephrit stehen, das mit großen Smaragden behangen war. Es war aus Elfenbein geschnitzt, und seine Größe war zweimal die

Größe eines Mannes. Auf seiner Stirne saß ein Chrysolith, und seine Brüste waren mit Myrrhen und Zimt bestrichen. In der einen Hand hielt es ein gedrehtes Szepter aus Nephrit und in der andern einen runden Kristall. Es trug einen Kothurn aus Erz, und seinen dicken Hals umgab ein Kranz von Selenitsteinen.

Ich sagte zum Priester: ›Ist dies der Gott?‹ Und er antwortete mir: ›Dies ist der Gott.‹

»Zeige mir den Gott«, rief ich, ›oder ich werde dich sicherlich töten.‹ Dann berührte ich seine Augen, und sie erblindeten. Da flehte mich der Priester an und sprach: ›Möge mein Herr seinen Diener heilen, und ich werde ihm den Gott zeigen.‹

Daraufhin hauchte ich mit meinem Atem auf seine Augen, und sie wurden wieder sehend. Er aber zitterte von neuem und führte mich in ein drittes Gemach, und siehe, es befand sich weder ein Götzenbild darin noch sonst eine Statue, sondern nur ein runder Metallspiegel, der auf einem Altar von Stein stand. Ich sagte zum Priester: ›Wo ist der Gott?‹

Da antwortete er mir: ›Wir haben hier keinen Gott außer diesem Spiegel, den du siehst, denn dies ist der Spiegel der Weisheit. Er spiegelt aber alle Dinge, die im Himmel und auf der Erde sind, nur nicht das Gesicht dessen, der hineinsieht. Er spiegelt es darum nicht, damit er, der hineinblickt, weise wird. Es gibt noch viele andere Spiegel, aber sie sind Spiegel der Meinungen. Dieser allein ist der Spiegel der Weisheit. Deshalb ist er der Gott, und wir beten ihn an.‹ Da blickte ich in den Spiegel, und es war, wie er gesagt hatte.

Ich tat etwas Seltsames, aber was ich tat, das ist gleichgültig, denn in einem Tal, eine Tagereise von hier entfernt, habe ich den Spiegel der Weisheit verborgen. Gestatte mir nur, dass ich wieder in dich übergehe und dein Diener bin, dann sollst du weiser als alle Weisen sein, und die Weisheit soll dein Diener werden. Gestatte mir, dass ich wieder in dich übergehe, und keiner wird so weise sein wie du.«

Aber der junge Fischer lachte. »Liebe ist besser als Weisheit«, rief er, »und die kleine Seejungfrau liebt mich.«

»Nein, es gibt nichts Besseres als Weisheit«, sagte die Seele.

»Liebe ist besser«, antwortete der junge Fischer und tauchte in die Tiefe, und die Seele ging weinend über das Marschland davon.

Als nun das zweite Jahr vorüber war, kam die Seele hinab an das Ufer des Meeres und rief nach dem jungen Fischer. Er tauchte aus der Tiefe empor und fragte: »Warum rufst du nach mir?«

Da antwortete die Seele: »Komme näher, damit ich mit dir sprechen kann, denn ich habe wundervolle Dinge gesehen.« Da kam er näher, setzte sich in das seichte Wasser hin und lehnte seinen Kopf auf die Hand, um zu lauschen.

Und die Seele sprach zu ihm: »Als ich dich verließ, wandte ich mich nach Süden und wanderte. Aus dem Süden kommt alles, was kostbar ist. Sechs Tage wanderte ich über die Straßen, die zur Stadt Aster führen, über staubig trockne, rote Straßen wanderte ich, auf denen die Pilger zu gehen pflegen, und am Morgen des siebenten Tages erhob ich meine Augen, und siehe, die Stadt war zu meinen Füßen, denn sie liegt in einem Tal.

Neun Tore führen in diese Stadt, und vor jedem Tore steht ein bronzenes Pferd, das wiehert, wenn die Beduinen von den Bergen herabkommen. Die Mauern sind mit Kupfer belegt, und die Nachttürme auf den Mauern haben Dächer von Erz. In jedem Turm steht ein Bogenschütze mit einem Bogen in der Hand. Bei Sonnenaufgang schlägt er mit einem Pfeil gegen ein Schallbecken, und bei Sonnenuntergang bläst er durch ein hörnernes Horn.

Als ich hineingehen wollte, hielten mich die Wachen auf und fragten mich, wer ich wäre. Ich antwortete, ich wäre ein Derwisch und befände mich auf dem Wege nach der Stadt Mekka, wo es einen grünen Schleier gäbe, auf dem der Koran von der Hand von Engeln in silbernen Buchstaben gestickt sei. Sie waren sehr erstaunt und baten mich, hineinzukommen.

Drinnen war es genau so wie auf einem Bazar. Wirklich, du hättest bei mir sein sollen. Über den engen Straßen flattern die bunten Papierlaternen wie große Schmetterlinge. Wenn der Wind über die Dächer weht, heben und senken sie sich, wie es farbige Seifenblasen tun. Vor ihren Buden sitzen die Händler auf seidenen Teppichen. Sie haben lange, schwarze

Bärte, ihre Turbane sind mit goldnen Zechinen bedeckt, und durch ihre kalten Finger gleiten lange Schnüre von Bernstein und geschnittenen Pfirsichsteinen. Einige von ihnen verkaufen Galbanharz und Nardenöl, seltsame Duftstoffe von den Inseln des indischen Meeres, dickflüssiges Rosenöl, Myrrhen und kleine nagelförmige Gewürznelken. Wenn man stehen bleibt, um mit ihnen zu reden, werfen sie Weihrauchpulver auf ein Holzkohlenbecken und erfüllen die Luft mit Wohlgeruch. Ich sah einen Syrer, der hielt eine dünne Gerte in der Hand wie von Ried. Graue Rauchfäden stiegen davon auf, und der Geruch war, als er sie verbrannte, wie der Duft der rosigen Mandelblüte im Frühling. Andere verkaufen silberne Armbänder, die ganz und gar mit milchblauen Türkisen besetzt sind, und Knöchelspangen aus Erzdraht, mit Fransen aus kleinen Perlen; Tigerkrallen in Gold eingefasst, und die Krallen jener goldgelben Katze, des Leoparden, ebenfalls in Gold gefasst; Ohrringe aus durchbohrten Smaragden und Fingerringe aus ausgehöhltem Nephrit. Aus den Teehäusern kommt der Klang der Gitarre, und die Opiumraucher betrachten mit ihren bleichen, lächelnden Gesichtern die Vorübergehenden.

Wirklich, du hättest bei mir sein sollen. Die Weinhändler bahnen sich mit großen, schwarzen Schläuchen auf den Schultern ihren Weg durch die Menge. Die meisten von ihnen verkaufen Wein von Schiras, der süß ist wie Honig. Sie schenken ihn in kleinen Metallbechern aus und streuen Rosenblätter darauf. Auf dem Marktplatz stehen die Fruchthändler und verkaufen alle Arten von Früchten: reife Feigen mit aufgeplatztem rotem Fleisch, Melonen, die nach Moschus duften und gelb sind wie Topase, Zitronen und Rosenäpfel und weiße Weintrauben, runde, rotgoldene Orangen und ovale, grüngoldene Zitronen. Einmal sah ich einen Elefanten vorübergehen. Sein Rüssel war scharlachrot und gelb bemalt, und über den Ohren trug er ein Netz aus tiefroter Seidenschnur. Vor einer der Buden blieb er stehen und begann, die Orangen zu essen, aber der Mann lachte nur. Du kannst dir nicht denken, was für seltsame Menschen sie sind. Haben sie gute Laune, dann gehen sie zu den Vogelhändlern, kaufen ihnen einen Vogel in einem Käfig ab und lassen ihn frei, damit ihre Freude größer werde. Sind sie traurig, dann peitschen sie sich mit Dornen, damit sich ihr Schmerz nicht verringere.

Eines Abends traf ich Neger, die eine schwere Sänfte durch den Bazar trugen. Sie war aus vergoldetem Bambus gemacht, und die Stangen waren rot lackiert und mit erzenen Pfauen verziert. Hinter den Fenstern hingen dünne Musselinvorhänge mit Käferflügeln und winzigen Perlen bestickt, und als sie vorüberzog, blickte eine bleiche Cirkassierin heraus und lächelte mich an. Ich folgte ihr, und die Neger beschleunigten ihre Schritte und warfen mir finstere Blicke zu. Aber ich achtete nicht darauf, ich fühlte, wie mich eine große Neugierde überkam.

Schließlich hielten sie vor einem breiten, weißen Hause. Es hatte keine Fenster, sondern nur eine kleine Tür, die wie die Tür zu einer Grabkammer war. Sie stellten die Sänfte hin und klopften dreimal mit einem kupfernen Hammer. Ein Armenier in einem Kaftan von grünem Leder lugte durch das Gitter, und als er sie sah, öffnete er und breitete einen Teppich auf den Boden, und die Frau stieg aus. Als sie hineinging, wandte sie sich um und lächelte mich wieder an. Ich hatte noch nie ein so bleiches Gesicht gesehen.

Nach Aufgang des Mondes kehrte ich zu demselben Platz zurück und suchte nach dem Hause, doch es war nicht mehr da. Als ich das sah, wusste ich, wer die Frau war und warum sie mir zugelächelt hatte. Wirklich, du hättest bei mir sein sollen. Am Neumondsfest kam der junge Kaiser aus seinem Palast und ging in die Moschee, um zu beten. Sein Haar und sein Bart waren mit Rosenblättern gefärbt und seine Wangen mit feinem Goldstaub bestreut. Seine Fuß- und Handflächen waren gelb von Safran. Bei Sonnenaufgang kam er aus seinem Palast in einem Gewand aus Silber, und bei Sonnenuntergang kehrte er wieder dahin zurück in einem Gewand aus Gold. Das Volk warf sich vor ihm in den Staub und verbarg sein Gesicht, ich aber tat es nicht. Ich stand bei der Bude eines Dattelhändlers und wartete. Als der Kaiser mich sah, erhob er seine gefärbten Augenbrauen und blieb stehen. Ich verhielt mich ganz ruhig und verneigte mich nicht. Das Volk erstaunte über meine Kühnheit und riet mir, aus der Stadt zu fliehen. Aber ich hörte nicht darauf, sondern ging hin und setzte mich zu den Verkäufern fremder Götzen, die wegen ihres Gewerbes verachtet sind. Als ich ihnen erzählte, was ich getan hatte, gab mir jeder von ihnen einen Götzen und bat mich, sie zu verlassen.

An jenem Abend, als ich in dem Teehause in der Straße der Granatäpfel auf einem Kissen lag, kamen die Wachen des Kaisers und führten mich zum Palast. Wie ich hinein ging, schlossen sie jede

Tür hinter mir zu und legten eine Kette davor. Im Inneren befand sich ein großer Hof, der ringsherum von einem Säulengang umgeben war. Die Wände waren von weißem Alabaster, der hier und da mit blauen und grünen Ziegeln besetzt war. Die Säulen waren von grünem Marmor und das Pflaster aus einer Art Marmor von der Farbe der Pfirsichblüte. Nie hatte ich etwas Ähnliches gesehen.

Als ich über den Hof schritt, blickten zwei verschleierte Frauen von einem Balkon herab und riefen mir Verwünschungen zu. Die Wachen beeilten sich, weiter zu kommen, und ihre Lanzenschäfte dröhnten auf dem blanken Boden. Sie öffneten ein Tor aus geschnitztem Elfenbein, und ich befand mich in einem bewässerten Garten von sieben Terrassen. Er war bepflanzt mit Tulpen, Mondblumen und silberbesäter Aloe. Wie eine dünne Kristallsäule hing ein Springbrunnen in der dämmrigen Luft. Die Zypressen glichen ausgebrannten Fackeln. Aus einer sang eine Nachtigall.

Am Ende des Gartens stand ein kleines Lusthäuschen. Als wir uns ihm näherten, kamen uns zwei Eunuchen entgegen. Ihre fetten

Körper schwankten beim Gehen, und ihre Augen mit den gelben Lidern sahen mich neugierig an. Einer von ihnen nahm den Hauptmann der Wache beiseite und flüsterte ihm mit leiser Stimme etwas zu. Der andere kaute langsam wohlriechende Pastillen, die er mit gezierter Handbewegung aus einer rundlichen Schachtel von veilchenfarbener Emaille nahm.

Nach einigen Augenblicken schickte der Hauptmann der Wache die Soldaten fort. Sie kehrten zum Palast zurück und die Eunuchen folgten ihnen langsam, indem sie süße Maulbeeren im Vorbeigehen von den Bäumen pflückten. Einmal wandte sich der ältere von den beiden um und lächelte mir mit einem bösen Lächeln zu.

Dann winkte mir der Hauptmann der Wache, zum Eingang des Lusthäuschens zu gehen. Ich tat es, ohne zu zittern, zog den schweren Vorhang zur Seite und trat hinein. Der junge Kaiser war auf einem Lager von gefärbten Löwenfellen ausgestreckt, und ein Geierfalke saß auf seinem Handgelenk. Hinter ihm stand, nackt bis zum Gürtel, ein Nubier mit einem Turban aus Messing, der schwere Ohrringe in seinen gespaltenen Ohren trug. Auf einem Tisch zur Seite des Lagers lag ein gewaltiger Stahlsäbel.

Als mich der Kaiser sah, zog er die Stirne in Falten und sagte zu mir: ›Wie heißest du? Weißt du nicht, dass ich der Kaiser dieser Stadt bin?‹ Aber ich gab ihm keine Antwort. Er wies mit dem Finger nach dem Säbel. Der Nubier ergriff ihn, sprang vorwärts und stieß mit großer Gewalt nach mir. Die Scheide sauste durch mich durch und tat mir keinen Schaden. Der Mann fiel zappelnd zu Boden, und als er sich erhob, klapperten seine Zähne vor Angst, und er versteckte sich hinter dem Lager. Der Kaiser sprang auf die Füße, riss eine Lanze aus dem Waffenstand und warf sie nach mir. Ich fing sie im Fluge auf und brach den Schaft in zwei Teile. Er schoss nach mir mit einem Pfeil, aber ich erhob meine Hände, und er hielt mitten in der Luft. Dann zog er einen Dolch aus einem weißen Ledergürtel und stieß ihn dem Nubier in die Kehle, damit der Sklave nicht seine Schande erzählen sollte. Der Mann wand sich wie eine zertretene Schlange. Roter Schaum trat auf seine Lippen und er starb. Danach wandte sich der Kaiser zu mir. Mit einem kleinen Tuch aus gestickter roter Seide wischte er sich den dicken Schweiß vom Gesicht und sagte zu mir: ›Bist du ein Prophet, dass ich dir nicht schaden, oder der Sohn eines Propheten, dass ich dich nicht verletzen kann? Ich bitte dich, verlass noch heute Abend meine Stadt, denn solange du darin bist, bin ich nicht länger ihr Herr.‹ Und ich antwortete ihm: ›Für die Hälfte deines Schatzes will ich gehen. Gib mir die Hälfte deines Schatzes, und ich werde weggehen.‹

Er nahm mich bei der Hand und führte mich hinaus in den Garten. Als mich der Hauptmann der Wache sah, erstaunte er. Als mich die Eunuchen sahen, zitterten ihre Knie und sie fielen vor Furcht zu Boden. In dem Palast befindet sich ein Gemach, das acht Wände aus rotem Porphyr hat und eine Decke aus Erzplatten, die mit Lampen behangen ist. Der Kaiser berührte eine der Wände, und sie öffnete sich. Wir gingen durch einen Gang, der mit vielen Fackeln beleuchtet war. Zu beiden Seiten standen in Nischen große Weinkrüge, die bis zum

Rande mit Silbermünzen gefüllt waren. Als wir die Mitte des Ganges erreicht hatten, sprach der Kaiser das Wort, das nicht ausgesprochen werden darf, eine granitene Türe sprang durch eine geheime Feder auf, und er legte seine Hand vor sein Gesicht, damit seine Augen nicht geblendet würden.

Du kannst dir nicht denken, was für ein wundervoller Ort es war: Da lagen große Schildkrötenschalen voll von Perlen und ausgehöhlte Mondsteine von Riesengröße aufgehäuft mit roten Rubinen. Das Gold war in Kästen von Elefantenhaut verpackt und der Goldstaub in Lederflaschen. Da gab es Opale in Kristallschalen und Saphire in Schalen von Nephrit. Runde, grüne Smaragde lagen geordnet auf dünnen Elfenbeintafeln, und in einer Ecke standen seidene Säcke, die einen mit Türkisen, die andern mit Beryllen gefüllt. Elfenbeinhörner waren gehäuft voll purpurner Amethyste und Erzhörner voll Chalzedon und Karneolen. Die Zedernholzsäulen waren behängt mit Schnüren gelber Luchssteine. Auf ovalen flachen Schilden lagen Karfunkeln, weinfarbene und solche, die wie Gras leuchteten. Und dabei habe ich dir nur ein Zehntel von allem, was da war, erzählt.

Als nun der Kaiser die Hände von seinem Gesicht genommen hatte, sagte er zu mir: ›Das ist meine Schatzkammer, und die Hälfte davon ist dein, so wie ich es dir versprochen habe. Ich werde dir Kamele und Kameltreiber geben, sie sollen dir gehorchen und deinen Anteil an dem Schatz hintragen, nach welchem Teil der Welt du auch gehen willst. Und alles soll heute Abend geschehen, denn ich möchte nicht, dass die Sonne, die mein Vater ist, sehen sollte, dass es einen Mann in meiner Stadt gibt, den ich nicht töten kann!‹

Aber ich antwortete ihm: ›Das Gold, das hier liegt, ist dein, und das Silber ist auch dein, und dein sind alle kostbaren Edelsteine und wertvollen Dinge. Was mich angeht, ich brauche das alles nicht. Auch werde ich sonst nichts von dir nehmen außer diesem kleinen Ring, den du am Finger deiner Hand trägst.‹ Da runzelte der Kaiser die Stirne. ›Es ist nur ein bleierner Ring‹, rief er, ›und er hat keinen Wert. Darum nimm die Hälfte meines Schatzes und geh fort aus meiner Stadt.‹

›Nein‹, antwortete ich, ›ich will nichts nehmen als diesen bleiernen Ring, denn ich kenne die Inschrift darauf und ihren Zweck.‹

Da zitterte der Kaiser und sprach flehend zu mir: ›Nimm alle meine Schätze und geh aus meiner Stadt. Du sollst meine Hälfte noch dazu haben.‹

Ich tat etwas Seltsames, was genau, ist gleichgültig. In einer Höhle habe ich den Ring des Reichtums versteckt. Sie ist nur eine Tagereise von hier und wartet auf dein Kommen. Wer diesen Ring hat, ist reicher als alle Könige der Welt. Komm und hol ihn, und die Reichtümer der Welt werden dein sein.«

Aber der junge Fischer lachte. »Liebe ist besser als Reichtum«, rief er, »und die kleine Seejungfrau liebt mich.«

»Nein, es gibt nichts Besseres als Reichtum«, sagte die Seele. »Liebe ist besser«, antwortete der junge Fischer und tauchte in die Tiefe, und die Seele ging weinend über das Marschland davon.

Als nun das dritte Jahr vorüber war, kam die Seele hinab an das Ufer des Meeres und rief nach dem jungen Fischer. Er tauchte aus der Tiefe empor und fragte: »Warum rufst du nach mir?«

Da antwortete die Seele: »Komm näher, damit ich mit dir sprechen kann, denn ich habe wunderbare Dinge gesehen.« Da kam er näher, setzte sich in das seichte Wasser hin und lehnte seinen Kopf auf die Hand, um zu lauschen.

Die Seele sprach zu ihm: »In einer Stadt, die ich kenne, da gibt es eine Schenke, die an einem Flusse steht. Dort saß ich mit Matrosen, die zwei verschiedenfarbige Weine tranken und Gerstenbrote und kleine Salzfische aßen, die in Lorbeerblättern mit Weinessig angerichtet waren. Und als wir zusammen saßen und fröhlich wurden, da trat ein alter Mann zu uns herein, der einen ledernen Teppich trug und eine Laute mit zwei Bernsteinhörnern. Er breitete den Teppich auf der Erde aus und schlug mit einer Feder in die Drahtsaiten seiner Laute, und ein verschleiertes Mädchen lief herein und begann vor uns zu tanzen. Ihr Gesicht war mit einem Gazeschleier verhüllt, aber ihre Füße waren nackt. Nackt waren ihre Füße, und sie flogen über den Boden hin wie kleine weiße Tauben.

Niemals habe ich etwas so Wunderbares gesehen, und die Stadt, in der sie tanzt, ist nur eine Tagereise von hier entfernt.«

Als nun der junge Fischer die Worte seiner Seele hörte, dachte er daran, dass die kleine Seejungfrau keine Füße hatte und nicht tanzen konnte. Ein großes Verlangen überkam ihn und er sagte zu sich selbst: »Es ist nur eine Tagereise weit, und ich kann zu meiner Liebsten zurückkehren.« Er lachte und erhob sich aus dem seichten Wasser und schritt auf das Ufer zu.

Als er das trockene Ufer erreicht hatte, lachte er wieder und streckte seine Arme nach seiner Seele aus. Seine Seele stieß einen lauten Freudenschrei aus und lief ihm entgegen. Sie vereinigte sich mit ihm, und der junge Fischer sah vor sich auf dem Sande den Schatten des Körpers, der der Körper der Seele ist.

Da sagte seine Seele zu ihm: »Lass uns nicht zaudern, sondern sogleich aufbrechen, denn die Götter der See haben Ungeheuer, die ihnen gehorchen.« Sie beeilten sich und wanderten die ganze Nacht im Mondschein. Den ganzen nächsten Tag wanderten sie im Sonnenlicht, bis sie am Abend dieses Tages zu einer Stadt kamen. Der junge Fischer sprach zu seiner Seele: »Ist dies die Stadt, worin die tanzt, von der du mir gesprochen hast?«

Seine Seele antwortete ihm: »Es ist nicht dieselbe Stadt, sondern eine andere. Trotzdem wollen wir hineingehen.« Da gingen sie hinein und wanderten durch die Straßen. Als sie durch die Straße der Juweliere kamen, sah der junge Fischer einen schönen Silberbecher, der in einer Bude ausgestellt war. Und seine Seele sprach zu ihm: »Nimm den Silberbecher und verbirg ihn.« Da nahm er den Becher und verbarg ihn in den Falten seiner Tunika, und sie verließen eiligst die Stadt.

Als sie eine Meile von der Stadt entfernt waren, runzelte der junge Fischer die Stirne, warf den Becher fort und sprach zu seiner Seele: »Warum sagtest du mir, ich sollte diesen Becher nehmen und verbergen? Denn es war eine böse Tat.« Aber seine Seele antwortete ihm: »Sei ruhig, sei ruhig.« Am Abend des zweiten Tages kamen sie nach einer Stadt, und der junge Fischer sprach zu seiner Seele: »Ist dies die Stadt, worin die tanzt, von der du mir gesprochen hast?« Seine Seele antwortete ihm: »Es ist nicht dieselbe Stadt, sondern eine andere. Trotzdem wollen wir hineingehen.« Da gingen sie hinein und wanderten durch die Straßen, und als sie durch die Straße der Sandalenverkäufer kamen, da sah der junge Fischer ein Kind an einem Wasserbehälter stehen. Seine Seele sprach zu ihm: »Schlage dieses Kind.« Da schlug er das Kind, bis es weinte. Danach verließen sie eiligst die Stadt.

Nach einer Weile wurde der junge Fischer zornig und sprach zu seiner Seele: »Warum sagtest du mir, ich sollte das Kind schlagen? Denn es war eine böse Tat.« Seine Seele antwortete ihm: »Sei ruhig, sei ruhig.« Am Abend des dritten Tages kamen sie in eine Stadt und der junge Fischer sprach zu seiner Seele: »Ist dies die Stadt, worin die tanzt, von der du mir gesprochen hast?« Seine Seele antwortete ihm: »Vielleicht ist es diese Stadt, deshalb lass uns hineingehen.«

Da gingen sie hinein und wanderten durch die Straßen, aber nirgendwo konnte der junge Fischer den Fluss oder die Schenke finden, die am Ufer stand. Die Bewohner der Stadt betrachteten ihn misstrauisch. Er wurde ängstlich und sprach zu seiner Seele: »Lass uns weitergehen, denn die, die mit ihren weißen Füßen tanzt, ist nicht hier.« Aber seine Seele antwortete: »Nein, wir wollen verweilen, denn die Nacht ist dunkel, und auf dem Wege werden Räuber sein.«

Da setzte er sich auf den Marktplatz und ruhte sich aus. Nach einiger Zeit kam ein Kaufmann mit einer Kapuze und einem Mantel aus tatarischem Tuch vorbei. An der Spitze eines Bambusrohres trug er eine Laterne aus durchbrochenem Horn. Der

Kaufmann sprach zu ihm: »Warum sitzest du auf dem Marktplatz, da doch die Läden geschlossen und die Warenballen verschnürt sind?« Da antwortete der junge Fischer: »Ich kann kein Gasthaus in der Stadt finden, auch habe ich keinen Verwandten, der mich beherbergt.«

»Sind wir nicht alle Verwandte?«, fragte der Kaufmann. »Hat uns nicht ein Gott geschaffen? Darum komm mit mir, denn ich habe eine Gastkammer.«

Der junge Fischer erhob sich und folgte dem Kaufmann in sein Haus. Als sie einen Garten von

Granatapfelbäumen durchschritten und in das Haus eingetreten waren, brachte ihm der Kaufmann in einer kupfernen Schale Rosenwasser, um sich die Hände zu waschen, und reife Melonen, um seinen Durst zu stillen. Er stellte eine Schale mit Reis und ein Stück Lammbraten vor ihn hin. Als er fertig war, führte ihn der Kaufmann in die Gastkammer und bat ihn, zu schlafen und wohl zu ruhen. Der junge Fischer dankte ihm und küsste den Ring an seiner Hand und warf sich auf die Teppiche aus gefärbtem Ziegenhaar hin. Als er sich in eine Decke aus schwarzer Schafwolle eingehüllt hatte, schlief er ein.

Drei Stunden vor Tagesanbruch, als alles noch still war, weckte ihn seine Seele und sprach zu ihm: »Steh auf und geh in das Gemach des Kaufmanns, in dasselbe Gemach, in dem er schläft. Töte ihn und nimm ihm sein Gold, denn wir brauchen es.«

Da erhob sich der junge Fischer und schlich sich in das Gemach des Kaufmanns. Über den Füßen des Kaufmanns aber lag ein gebogener Säbel und auf dem Tischchen neben dem Kaufmann standen neun Beutel mit Gold. Er streckte seine Hand aus und berührte das Schwert. In dem Moment fuhr der Kaufmann auf. Er griff nach seinem Schwert und sprach zu dem jungen Fischer: »Vergiltst du Gutes mit Bösem und bezahlst du mit Blutvergießen die Freundlichkeit, die ich dir erwiesen habe?«

Die Seele sprach zu dem jungen Fischer: »Schlag ihn«, und er schlug ihn so, dass er die Besinnung verlor. Dann ergriff der Fischer die neun Beutel mit Gold und floh eiligst durch den Garten mit den Granatapfelbäumen. Er folgte dem Morgenstern. Als sie eine Meile von der Stadt entfernt waren, schlug sich der junge Fischer an die Brust und sprach zu seiner Seele: »Warum verlangtest du von mir, ich sollte den Kaufmann erschlagen und sein Gold nehmen? Sicherlich bist du böse.« Aber seine Seele antwortete ihm: »Sei ruhig, sei ruhig.«

»Nein«, schrie der Fischer, »ich kann nicht ruhig sein, denn alles, was ich auf dein Geheiß getan habe, hasse ich. Dich selbst hasse ich auch, und ich bitte dich, sage mir, weshalb du mich dazu verführt hast.«

Seine Seele antwortete ihm:

»Als du mich hinaus in die Welt schicktest, gabst du mir kein Herz, daher lernte ich, alles dies zu tun und es zu lieben.«

»Was meinst du damit?«, murmelte der junge Fischer.

»Du weißt es«, antwortete seine Seele, »du weißt es gut. Hast du vergessen, dass du mir kein Herz gabst? Ich glaube nicht. Und darum lass es weder dich noch mich kümmern, sondern sei ruhig, denn es gibt keinen Schmerz, den du nicht austeilen, und keine Lust, die du nicht empfangen sollst.«

Als der junge Fischer diese Worte hörte, zitterte er und sprach zu seiner Seele: »Nein, du bist böse, du trägst die Schuld, dass ich meine Liebe vergessen habe, und du hast mich in Versuchung geführt und meine Füße auf den Weg der Sünde gestellt.«

Seine Seele antwortete ihm: »Du hast nicht vergessen, dass du mir kein Herz gabst, als du mich in die Welt hinausschicktest. Komm, lass uns in eine andere Stadt gehen und fröhlich sein, denn wir haben neun Beutel mit Gold.«

Da nahm der junge Fischer die neun Beutel mit Gold, warf sie zu Boden und trat darauf. »Nein«, schrie er, »ich will nichts mehr mit dir zu tun haben, noch will ich irgendwohin mit dir gehen, sondern so, wie ich dich früher fortgesandt habe, will ich dich auch jetzt fortsenden, denn du hast mir nichts Gutes getan.«

Er wandte dem Mond den Rücken zu, nahm das kleine Messer mit dem Griff aus grüner Vipernhaut und versuchte von seinen Füßen den Schatten des Körpers abzuschneiden, der der Körper der Seele ist. Doch die Seele rührte sich weder noch achtete sie auf seinen Befehl, sondern sprach: »Der Zauber, den dir die

Hexe gegeben hat, nutzt dir nichts mehr, denn ich kann dich nicht verlassen, noch kannst du mich forttreiben. Einmal in seinem Leben darf ein Mensch seine Seele fortsenden, aber wenn er sie zurückerhält, muss er für immer mit ihr zusammenbleiben, und dies ist seine Strafe und seine Belohnung.«

Der junge Fischer wurde bleich, ballte seine Fäuste und schrie: »Sie war eine falsche Hexe, weil sie mir das nicht gesagt hat.«

»Nein«, antwortete die Seele, »denn sie war Ihm treu, den sie anbetet und dessen Dienerin sie immer sein will.«

Als der junge Fischer begriff, dass er seine Seele nie wieder loswerden konnte, dass sie eine böse Seele war und immer in ihm wohnen würde, da fiel er zu Boden und weinte bitter.

Bei Tag erhob sich der junge Fischer und sprach zu seiner Seele: »Ich will meine Hände zusammenbinden, dass sie dir nicht gehorchen, meine Lippen will ich schließen, dass ich deine Worte nicht sprechen kann, und will an den Ort zurückkehren, wo sie, die ich liebe, wohnt. Jetzt erst recht will ich nach der See zurückkehren, nach der kleinen Bucht, wo sie zu singen pflegte, und ich will nach ihr rufen und ihr das Böse beichten, was ich getan habe, und das Böse, was du aus mir gemacht hast.«

Aber seine Seele versuchte ihn und sprach: »Wer ist denn deine Liebste, dass du zu ihr zurückkehren solltest? Die Welt hat so viele, die schöner sind als sie. Es gibt Tänzerinnen aus Samaris, die nach der Art aller Vögel und Tiere tanzen. Ihre Füße sind mit Henna bemalt, und in ihren Händen haben sie kleine, kupferne Glöckchen. Sie lachen beim Tanzen, und ihr Lachen ist hell wie das

Lachen des Wassers. Komm mit mir, und ich will sie dir zeigen. Denn wozu quälst du dich um Dinge, die sündig sein sollen? Was angenehm zu essen ist, ist das nicht für den Essenden geschaffen? Was süß ist zu trinken, ist das vergiftet? Quäle dich nicht und komm mit mir in eine andere Stadt. Es gibt eine kleine Stadt, hier ganz in der Nähe, mit einem Garten von Tulpenbäumen. Und in diesem hübschen Garten wohnen weiße Pfauen und Pfauen mit blauen Brüsten. Wenn sie ihre Schweife in der Sonne ausbreiten, dann sind es Scheiben von Elfenbein und Scheiben von Gold. Und die, die ihnen Futter gibt, tanzt zu ihrem Vergnügen, manchmal tanzt sie auf den Händen, manchmal tanzt sie mit den Füßen. Ihre Augen sind mit Spießglanz gefärbt, und ihre Nasenflügel gleichen den Schwingen der Schwalben. Von einer Klammer an einem ihrer Nasenflügel hängt eine Blume, die aus einer Perle geschnitten ist. Sie lacht, wenn sie tanzt, und die Silberringe an ihren Knöcheln klingen wie silberne Glocken. Also quäle dich nicht länger und komme mit mir in diese Stadt.«

Der junge Fischer gab seiner Seele keine Antwort. Er schloss seine Lippen mit dem Siegel des Schweigens und band seine Hände mit einem festen Strick. So wanderte er zurück an den Ort, woher er gekommen war, nach der kleinen Bucht, wo seine Liebste einst gesungen hatte. Und immer wieder versuchte ihn seine Seele auf dem Wege, aber er gab keine Antwort, noch wollte er irgendetwas Böses tun, zu dem sie ihn anzutreiben suchte. So groß war die Macht der Liebe in seinem Herzen.

Als er den Strand des Meeres

erreicht hatte, löste er den Strick von seinen Händen, nahm das Siegel des Schweigens von seinen Lippen und rief nach der kleinen Seejungfrau. Aber sie kam nicht auf seinen Ruf, obgleich er den ganzen Tag nach ihr rief und sie anflehte.

Seine Seele verspottete ihn: »Wahrlich, du hast nicht viel Freude von deiner Liebe. Du bist wie einer, der zur Zeit der Dürre Wasser in zerbrochenes Gefäß gießt. Du gibst weg, was du hast, und empfängst nichts dafür zurück. Es wäre besser für dich, wenn du mit mir kämest, denn ich weiß, wo das Tal der Lust liegt und was für Dinge da geschehen.«

Aber der junge Fischer antwortete seiner Seele nicht. In einer Felsenschlucht baute er sich ein Haus aus Rutengeflecht und wohnte da ein Jahr lang. Jeden Morgen rief er nach der Seejungfrau, und jeden Mittag rief er sie wieder, auch am Abend schrie er ihren Namen. Aber niemals tauchte sie aus dem Wasser zu ihm empor, noch konnte er sie irgendwo in dem Meere finden, obgleich er in den Höhlen und in der grünen Wassertiefe nach ihr suchte, in den Lachen, die die Flut zurückläßt, und in den Brunnen, die auf dem Meeresboden sind.

Immer versuchte ihn seine Seele zum Bösen zu bekehren und flüsterte ihm schreckliche Dinge zu. Aber alles das hatte keinen Einfluss auf ihn, so groß war die Macht seiner Liebe.

Als ein Jahr vorüber war, dachte die Seele bei sich selbst: »Ich habe meinen Herrn zum Bösen versucht, und seine Liebe ist stärker, als ich bin. Jetzt will ich ihn zum Guten versuchen, vielleicht kommt er dann mit mir.«

Sie wandte sich an den jungen Fischer und sprach: »Ich habe dir von der Lust der Welt erzählt, und dein Ohr ist taub gegen mich geblieben. Lass mich dir jetzt von dem Leid der Welt erzählen, vielleicht wirst du mich dann anhören. Denn wahrlich, das Leid ist der Herr dieser Welt, und es gibt keinen, der seinem Netz entgeht. Dem einen mangelt es an Kleidung, dem andern an Brot. Es gibt Witwen, die Purpur tragen, und Witwen, die in Lumpen gehen. Durch die Einöden irren die Aussätzigen, und sie wüten gegeneinander. Über die Landstraßen ziehen die Bettler, und ihre Taschen sind leer. Durch die Straßen der

Städte geht die Hungersnot, und die Pest sitzt an ihren Toren. Komm, lass uns hinausziehen und die Dinge besser machen und das Schlimme aus der Welt schaffen. Warum willst du hier immerfort nach deiner Liebsten rufen, da sie doch auf deinen Ruf nicht hört? Und was ist Liebe, dass du so hohen Wert darauf legst?«

Aber der junge Fischer antwortete gar nicht darauf, so groß war die Macht seiner Liebe. Jeden Morgen rief er nach der Seejungfrau, und jeden Mittag rief er sie wieder, auch am Abend schrie er ihren Namen. Aber niemals tauchte sie aus dem Wasser zu ihm empor, noch konnte er sie irgendwo im Meere finden, obgleich er in den Meeresströmungen nach ihr suchte, in den Tälern, die unter den Wogen liegen, im Meer, das bei Nacht purpurn leuchtet, und im Meer, das die Dämmerung farblos lässt.

Als das zweite Jahr vorüber war, sprach die Seele des Nachts zu dem jungen Fischer, als er allein in dem Hause aus Rutengeflecht saß: »Siehe, jetzt habe ich dich zum Bösen versucht, und ich habe dich zum Guten versucht, aber deine Liebe ist stärker als ich.

Deshalb will ich dich nicht länger versuchen, sondern ich bitte dich, lass mich in dein Herz eintreten, damit ich wieder ganz eins mit dir bin wie früher.« »Gewiss kannst du eintreten«, sagte der junge Fischer, »denn in den Tagen, als du ohne Herz durch die Welt zogest, musst du viel gelitten haben.«

»Weh mir«, rief seine Seele, »ich kann keinen Eingang finden, so umschlossen von Liebe ist dieses dein Herz.«

»Und doch wollte ich, ich könnte dir helfen«, sagte der junge Fischer.

Während er so sprach, kam ein

großer Schmerzensschrei von der See. Es war der Schrei, den die Menschen hören, wenn einer vom Meervolk gestorben ist. Der junge Fischer sprang auf, verließ sein geflochtenes Haus und lief nach dem Strand hinunter. Die schwarzen Wogen kamen wild an den Strand. Sie trugen eine Last, die war weißer als Silber. Weiß wie die Brandung war sie, und wie eine Blume warfen die Wellen sie hin und her. Die Brandung nahm sie von den Wogen, und der Schaum nahm sie von der Brandung, bis der Strand sie empfing und der junge Fischer den Körper der kleinen Seejungfrau sah. Tot lag sie zu seinen Füßen.

Weinend wie einer, den der Schmerz überwältigt hat, warf er sich neben sie hin und küsste das kalte Rot des Mundes und spielte mit dem feuchten Bernstein ihres Haares. Er warf sich neben sie in den Sand und hielt sie in seinen braunen Armen. Kalt waren die Lippen, aber er küsste sie. Salz war der Honig ihres Haares, aber er trank ihn mit bitterer Wonne. Er küsste die geschlossenen Lider. Der wilde Schaum, der auf ihren Augenhöhlen lag, war weniger salzig als seine Tränen.

Dann begann er der Toten zu beichten. In ihre Ohrmuscheln goss er den herben Wein seiner Erzählung. Er legte die kleinen Hände um seinen Hals. Mit seinen Fingern berührte er das zarte Rund ihrer Kehle. Bitter, bitter war seine Freude, und voll seltsamer Lust sein Schmerz. Die schwarze See wogte näher. Der weiße Schaum stöhnte wie ein Aussätziger. Mit weißen Schaumkrallen griff die See nach dem Strand. Vom Palast des Seekönigs kam von neuem der Schrei der Trauer. Weit draußen auf dem Meer bliesen die großen Tritonen misstönig auf ihren Hörnern.

»Flieh«, sagte seine Seele, »denn das Meer kommt näher und näher, und wenn du zauderst, wird es dich töten. Flieh, denn ich fürchte mich, da ich sehe, dass dein Herz aus Übermaß an Liebe gegen mich verschlossen ist. Flieh davon an einen sicheren Platz. Oder willst du mich ohne Herz in die andere Welt senden?«

Aber der junge Fischer hörte nicht auf seine Seele, sondern wandte sich an die kleine Seejungfrau und sprach: »Liebe ist besser als Weisheit und kostbarer als Reichtum und schöner als die Füße der Menschentöchter. Feuer kann die Liebe nicht zerstören, noch kann das Wasser sie ertränken. Ich rief nach dir am Morgen, und du bist auf meinen Ruf nicht gekommen. Der Mond hörte deinen Namen, und doch hast du meiner nicht geachtet. Denn ich hatte dich schmählich verlassen, und zu meinem eigenen Leid bin ich fortgewandert. Aber immer verblieb deine Liebe bei mir, immer war sie stark, und nichts konnte sie erschüttern, ob ich nun auf das Böse achtete oder auf das Gute. Und jetzt, da du tot bist, will ich wahrlich auch mit dir sterben.«

Seine Seele flehte ihn an, zu fliehen, aber er wollte nicht, so groß war seine Liebe. Und die See kam näher und suchte ihn mit ihren Wellen zu bedecken, und als er fühlte, dass das Ende nahe war, küsste er mit wilden Lippen die kalten Lippen der Seejungfrau, und das Herz in seiner Brust zerbrach. Da fand die Seele einen Weg und konnte hinein und war eins mit ihm wie früher. Die See bedeckte den jungen Fischer mit ihren Wogen.

Am Morgen zog der Priester hinaus, um das Meer zu segnen, denn es war stürmisch gewesen.

Mit ihm kamen die Mönche und die Musiker, die Kerzenträger und die Weihrauchschwinger und eine große Volksmenge.

Als der Priester den Strand erreichte, sah er den jungen Fischer ertrunken in der Brandung liegen. Umschlungen von seinen Armen lag der Körper der kleinen Seejungfrau. Da trat er stirnrunzelnd zurück, machte das Kreuzzeichen und rief: »Ich will das Meer nicht segnen noch irgendetwas, was darin ist. Verflucht sei das Meervolk, und verflucht seien alle, die mit ihm verkehren. Und diesen da, der um der Liebe willen Gott verließ und jetzt von Gottes Gericht geschlagen neben seiner Buhle liegt, nehmt seinen Leichnam und den Leichnam seiner Buhle und begrabt sie in einem Winkel auf dem Feld der Tuchwalker. Aber setzt keinen Stein auf ihr Grab noch irgendein Zeichen, damit niemand den Platz weiß, wo sie ruhen. Denn verflucht waren sie in ihrem Leben, und verflucht sollen sie auch in ihrem Tode sein.«

Das Volk tat, wie er befohlen hatte. In einem Winkel auf dem Feld der Tuchwalker, wo keine süßen Kräuter wuchsen, gruben sie ein tiefes Loch und legten die Leichen hinein.

Als das dritte Jahr vorüber war, ging der Priester an einem Feiertag zur Kapelle hinauf, um dem Volk die Wunden des Herrn zu zeigen und ihm vom Zorne Gottes zu predigen.

Als er in seinen geistlichen Gewändern eintrat und sich vor dem Altar verneigte, sah er, dass der Altar mit seltsamen Blumen bedeckt war, wie er sie nie vorher gesehen hatte. Seltsam waren sie anzusehen und von eigenartiger Schönheit. Ihre Schönheit verwirrte ihn und ihr Duft war süß in seiner

Nase. Er war glücklich und wusste nicht, weshalb er glücklich war.

Nachdem er das Tabernakel geöffnet und die Monstranz, die darin war, mit Weihrauch beräuchert hatte, zeigte er dem Volk die heilige Hostie und verbarg sie wieder hinter dem Schleier des Vorhangs. Dann begann er zu sprechen, denn er wollte von dem Zorne Gottes sprechen. Aber die Schönheit der weißen Blumen verwirrte ihn, und ihr Duft war süß in seiner Nase. Ein anderes Wort kam über seine Lippen, und er sprach nicht von dem Zorne Gottes, sondern von dem Gott, dessen Name Liebe ist. Warum er so sprach, das wusste er nicht.

Nachdem er seine Rede beendet hatte, weinte das Volk. Der Priester ging wieder in die Sakristei, und seine Augen standen voll Tränen. Dann kamen die Diakone hinein und begannen, ihn zu entkleiden. Sie zogen ihm das Chorhemd aus und nahmen ihm den Gürtel ab, die Armbinde und die Stola. Er stand da wie in einem Traum.

Als sie ihn entkleidet hatten, blickte er sie an und sagte: »Was sind das für Blumen, die auf dem

Altare stehen, und woher kommen sie?«

Sie antworteten ihm: »Was es für Blumen sind, können wir nicht sagen, aber sie kommen von dem Winkel auf dem Felde der Tuchwalker.« Der Priester zitterte, kehrte in sein Haus zurück und betete.

Des Morgens aber, als es noch dämmerte, ging er hinaus mit den Mönchen und Musikern, mit den Kerzenträgern und Weihrauchschwingern und mit einer großen Volksmenge. Er kam an den Meeresstrand, segnete das Meer und alle wilden Wesen, die darin leben.

Auch die Faune segnete er und die kleinen Wesen, die im Gehölz tanzen, und auch die Wesen mit den strahlenden Augen, die durch die Zweige lugen. Alle Wesen auf Gottes Welt segnete er. Das Volk war erfüllt von Freude und Staunen. Aber niemals wieder blühten in dem Winkel auf dem Felde der Tuchwalker Blumen irgendwelcher Art, sondern das Feld blieb öde wie vorher. Nie wieder kam das Meervolk in die Bucht, denn es war in einen andern Teil des Meeres gezogen.